KB080333

나 혼자
마법사다

나 혼자 마법사다 2권

초판1쇄 펴냄 | 2014년 08월 06일

지은이 | L.상현
발행인 | 성열관

펴낸곳 | 어울림 출판사
출판등록 / 2009년 1월 23일 제313-2009-12호
주소 / 서울시 마포구 서교동 395-64 회산빌딩 3층 302호
TEL / 02-337-0120
FAX / 02-337-0140
E-mail / 5ullim@hanmail.net

ISBN 978-89-992-0724-2 (04810)
ISBN 978-89-992-0722-8 (SET)

이 도서의 국립중앙도서관 출판시도서목록(CIP)은 서지지정보유통지원시스템 홈페이지
(http://seoji.nl.go.kr)와 국가자료공동목록시스템(http://www.nl.go.kr/kolisnet)에서
이용하실 수 있습니다. (CIP제어번호 : CIP2014022612)

나 혼자 마법사다

2

L.상현 장편소설

목차

하피

　사람들은 갑자기 명동 한복판에 나타난 푸른색 오묘한 장비를 입고 있는 남성에게 시선이 쏠렸다.

　무슨 코스프레를 하나, 미친 거 아닌가 하며 플래시를 터트려 남성을 카메라에 담았다.

　한국의 SNS가 퍼지는 속도의 거의 빛의 속도였다. 주변에 있던 경찰들과 이야기를 들은 다른 사람들까지 모여들어서 마치 연예와 중계라는 TV프로그램에서 연예인과 게릴라 데이트를 할 때 잘생긴 남자 얼굴 한 번 보려고 달려드는 모습과 같이 인파가 몰렸다.

　'빨리 와라. 라베.'

하루의 얼굴은 여기저기로 퍼지고 핸드폰을 만지작거리던 라베의 부하 중 한 명이 고개를 갸웃갸웃거리더니 깜짝 놀라서 소리를 쳐버렸다.

"뭐, 왜?!"

"라베… 이 개자식!!"

문이 쾅 하고 박살나며 아선의 모습이 드러났다. 아마도 버서크를 쓴 것 같았다.

손에는 피가 뚝뚝 떨어지고 있었으며 붉은 기운이 넘실넘실 흘러나왔다.

아선이 라베와 라베 부하들을 경계하며 눈만 조금씩 돌리며 가족의 행방을 찾고 있었다.

방은 여러 개가 보였다. 그렇지만 이곳에 없을 수도 있고 섣불리 공격을 했다간 가족이 다칠 위험이 있었다.

당장이라도 라베라는 이놈의 면상에 주먹을 꽂아 넣고 싶었지만 참았다.

"양키 새끼… 내 가족들 어디 있어."

"이거 안 되겠네… 뭐, 양키? 얘들아! 그 연놈들 그냥 죽여 버……."

"손끝 하나라도 댔다간 전부 죽여 버릴 것이다. 개 같은 놈들."

아선의 말 하나하나에 엄청난 살기가 담겨 있었다. 그러나 인질, 가족을 데리고 있었다.

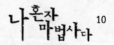

한 수 접어줘야만 했다. 아선은 버서크 스킬을 풀고 라베의 앞으로 갔다.

"그렇게 인상 쓰지 말라고. 가족들은 무사하니까. 아, 무사한 게 아니라 엄청난 호화 생활을 누리고 있다랄까."

"무슨……."

"라베 님!!"

"지금 말하는 거 안 보여? 뭔데?"

"이하루가……."

부하는 핸드폰을 건네고 재생되는 동영상을 라베가 유심히 봤다.

이하루라면 지금 제일 시간과 공을 들여 잡으려는 놈이다.

그런 놈이 전혀 다른 옷과 분위기로 공중에 떠서 망토를 펄럭이며 가만히 있었다.

보는 순간 지금 누구를 찾으려는 것인지 알 것 같았다.

"명동입니다. 지금 사람들이 많아서……."

"연락하고 사람 통제하라고 해. 가게들도 마찬가지다. 이아선, 당신과는 나중에 대화를 나눠야겠군. 손님이 날 불러서 말이야."

이하루라는 이름을 듣고 라베에게 넘겨진 핸드폰의 동영상을 바라봤다.

전혀 다른 느낌의 이하루, 가족을 빨리 되찾아야 했지만 이하루가 라베 이놈들을 부른다고 한다.

아마 큰 결단은 내린 것 같아서 아선 혼자 이들을 처리하는 것보다는 괴물 같은 이하루가 싹 쓸어버리는 것이 아선의 입장에도 더 좋았다.

"전부 간다. 연락 넣어."

라베가 모든 부하들에게 연락을 하라 하고 허리춤에 권총을 숨겨뒀다.

준비를 하고 라베가 출발을 하는 사이 하루가 있는 쪽 명동은 시끄러워졌다.

기자들이 하나같이 몰려든 것이다. 조명까지 받으며 공중에 떠 있는 하루에게 확성기로 인터뷰를 시도했다.

"조선이일보의 남서경 기자입니다! 그곳에 있는 이유는 뭔가요? 그리고 공중에는 어떻기 떠 있을 수 있는 겁니까?!"

"막돼먹은 뉴스의 박영정 기자입니다. 혹시 마술인가요? 마술사들만의 특이한 스킬이 있다던데……."

삐익— 삐익—!

경찰들이 나타났다.

에에에에엥!

사이렌 소리까지 들리며 본격적으로 사람들을 통제하기 시작했다.

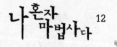

12

그러나 하루를 끌어내리거나 하지도 않았다. 왜 경찰들이 이러는지 알지 못하는 시민들은 경찰들의 안내에 따르지 않는다면 공무 집행 방해로 잡아간다 협박을 해댔다.

아무리 게임화가 된 세상이라지만 사람들은 법이라는 것에 몸을 덜덜 떨며 그까짓 구경 좀 안 하면 된다며 물러났다.

그러나 기자들은 뭔가 이상하게 생각했다. 이렇게 많은 경찰들이 어디에서 왔으며 왜 이렇게까지 하는지 눈치 빠른 기자들은 뭔가 있다라고 바로 알아챘다.

'가까이에서 안 된다면 멀리서 찍으면 되지.'

카메라는 줌이라는 기능이 있다. 현대 기술로는 화질도 뛰어났다.

그렇게 기자들도 모두 떠나가고 잠시 가게를 비워야 한다는 말에 모든 가게들이 영업을 잠시 중지하고 다른 곳으로 이동되었다.

궁금하고 장사에 치명적이었지만 일단 정부에서 내려온 말이라 하고 만약 이곳에 있다 어떤 피해를 입어도 보상은 없을 것이다라는 말에 명동에는 경찰들과 하루가 남게 된 것이다.

'경찰들… 라베… 대체 무슨 관련이 있는 거지? 사람을 죽이는 놈들의 뒤에 경찰과 정부…까지도 있는 것인가?'

[주인님. 주변에 사람들은 멀리 떨어졌어요. 그리고 경찰들이 하는 말 들으니까 누가 온다던데… 대통령인가요?]

"아니. 라베. 그놈이 올 거야."

채령이 정찰을 다녀오고 하루에게 보고를 했다. 다른 사람들의 눈에는 보이지가 않으니 여러 곳에서 많이 쓸 만했다.

라베가 누군지 모르는 채령은 하루에게 물어보려 했지만 멀리서 길 가운데를 걸어오는 외국인 남성이 보여서 입을 다물었다.

라베라는 사람이 저 사람이겠구나 딱 직감으로 알아챘기 때문이다.

"라…베……"

"이하루. 드디어 미친 건가? 이런 곳에 모습을 드러내고 말이야."

"지영은."

"그 여자 때문인가? 역시… 아주 좋은 인질을 구했단 말이야……"

"아니. 잘못 건드렸다. 블링크."

하루는 곧바로 라베의 앞으로 이동해서 페나테스로 라베의 목을 겨눴다.

그리고 활을 들고 있는 자들을 전부 튕겨 내기 위해 매직미러를 사용하려 했으나 자신에게는 거의 무적과 다름없는 갑옷이 있었다.

대부분이 활, 하루의 행동에 재빨리 그들은 시위를 당겼다.

그러나 혹시 빗나가기라도 한다면 그 앞에 있는 라베가 맞기 때문에 망설이고 있었다.

"하…하하. 재미있단 말이야."

"그냥 여기서 전부를 죽이면 된다. 라베, 이 개자식."

"내가 돌아가지 않는다면 지영은 죽게 될 거야. 아니지… 어이쿠! 저런 곳에 있네?"

라베는 능청스럽게 부하들이 끌고 온 지영을 가리켰다.

혹시나 블링크나 마법으로 어쩌고 싶었지만 이어지는 라베의 말 때문에 지영이 눈에 보임에도 가만히 있을 수밖에 없었다.

"마법을 쓰는 게 **빠를까**. 저 녀석들이 목을 긋는 것이 **빠를까**. 응?"

"개자식……."

마법에도 준비 시간이 있었다. 비록 0.몇 초 되지 않았지만 그 시간이라면 지영의 목이 베여져 바닥을 뒹굴 것이었다.

"그리고, 그렇게 흥분해서 가까이 오면 안 됐지. 내가 어떻게 너의 엄마를 죽였는데. 최면— 꿇어라."

　—라베의 스킬 '최면'을 방어하는 데 성공했습니다.

"뭘 한 것이냐. 말이 많네."

"어, 어떻게 내 스킬이…! 모두 공격해, 그냥!"

　최대한 멀쩡히 데려가려 했지만 자신의 스킬이 걸리지 않는다면 반쯤 죽여서 데려가는 것이 옳았다.

　이미 매복되어서 시위를 당기고 있던 궁수들이 라베의 말과 손짓에 화살을 쐈다.

　튜우우웅—! 퉁!

　빠르게 사방에서 쏟아지는 화살에 잠깐이지만 라베에게 슬쩍 미소를 지어줬다.

　하루가 있던 주변이 엉망이 됐지만 그건 정부나 주인님이 사례를 할 것이었다.

　이제 반쯤 죽여서 질질 끌고 가기만 하면 되는 것이었다.

"…괴, 괴물 새끼."

"하루야……."

　눈이 반 정도 풀린 상태로 지영이 하루에게 기댔다. 그 많은 화살비 속에서 아무렇지 않게 튀어나온 하루는 놀라서 자빠져 있는 라베의 부하들을 컨트롤로 치워 버리고 지영을 부축했다.

"미안…해."

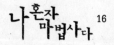

"빨리, 빨리 공격하란 말이다. 이놈들아!!"

라베가 허공에다 소리를 쳤다. 그러나 화살 하나 날아 오는 것이 없었다.

꿀꺽 침 넘기는 소리만 들렸다. 그 이유는 여기저기 숨어 있는 사람들의 눈앞에 시져 니들, 마나 바늘들이 여러 개 있었다.

찔리면 많이 아플 것 같은 날카로움이었다. 자칫 목숨이 날아갈 수도 있었다.

"뭔 짓…했어?"

하루는 지영의 옷 꼴을 보고는 혹시 그렇고 그런 짓을 당한 것인가 의심이 갔다.

그러나 지영은 고개를 도리질 쳤다. 사실 자고 있어서 뭔 짓을 당했는지는 몰랐지만 하루에게 더 이상의 걱정은 주기 싫었다.

주변이 조용했기에 하루가 조금만 크게 말을 하면 전부에게 들릴 것이라 생각하고 입을 열었다.

"10초!!"

왜 아무 말도 없이 다짜고짜 10초라 외쳤나 하면 이렇게 말을 해도 다 알아듣기 때문이었다.

10초 안에 사라져라, 무기를 놓고 가버려라라는 뜻을 내포하고 있는 것이었다.

하루의 목소리를 듣자마자 다들 빠르게 달리기 시작

했다.

라베에게 대우를 잘 받았었던 부하들도 있었지만 하나밖에 없는 목숨에 장사 없었다.

라베가 슬슬 기어서 자리를 피하려 하는 것이 보였지만 하루의 속박 마법 때문에 움직일 수도 없었다.

"채령."

[네, 주인님.]

하루의 말에 채령은 남이 다 보이게 모습을 드러냈다. 지영은 채령을 알고 있었기에 놀라지 않았지만 라베는 달랐다.

눈앞에 귀신이 나타나서 흰자위를 보이며 기절을 할 것 같았지만 기절까지는 이르지 않았다.

"전부 여길 벗어났나?"

[네, 확인했습니다.]

채령의 말을 들은 라베는 더욱 절망적인 눈이 됐다. 애초에 이런 괴물 같은 놈을 잡을 생각 따위 했으면 안 됐다.

"나, 날 죽이면 끝이라 생각하나? 천만에!"

"죽이지 않을 거다. 얼마나 나쁜 짓을 많이 했는데 쉽게 죽이면 안 되지."

라베의 주요 스킬인 최면이 걸리지 않는다면 라베에게 그 어떠한 능력도 없었다. 그저 평범한 외국인, 하루에게는 그렇게 보였다.

"죽지 않을 만큼만 맞자."

하루가 지영을 잠시 벽에 기대게끔 해놓고 블링크로 라베를 맨손으로 구타하기 시작했다.

물론 속박을 풀어준 상태였기에 라베가 하루의 공격을 막으려 했지만 이리저리 블링크를 쓰며 공격하는 하루를 막기엔 너무 부족했다. 손톱 아래의 때만큼도 이길 가능성은 없었다.

"푸흙… 이…하…루… 크큭. 이런다고 상황은 달라지지 않……."

"꺼져. 내 눈에 띄지 마라."

"……?"

하루가 지영을 부축해서 이 지역을 벗어나려 했다. 지금 하루의 복장은 너무 튀었기에 이미 환복을 했다.

두들겨 맞고 혼자 남아 몸에는 고통밖에 남지 않은 채 자신을 내버려두고 가는 하루가 이해되지 않았다.

하지만 이해되지 않은 것은 잠시, 천성이 착하고 사람을 죽이는 것을 한 번도 보지 못했다.

"멍청한… 크흐… 자식. 날 살려? 크."

아픈 몸을 끌고 라베가 자리에서 일어났다. 죽을 만큼 아팠지만 자신을 살린 하루가 너무나 우스웠다.

멀어져 가는 하루와 지영의 뒷모습이 보였다.

라베는 허리춤에 숨겨둔 권총을 그 뒷모습에 대고 딱 한 발, 방아쇠를 당겼다.

타앙—!

큰 총성과 함께 털썩, 하고 남성이 쓰러졌다.

쓰러진 남성은 하루에게 총구를 겨누던 라베였다. 쓰러지는 라베의 뒤에선 아선의 모습이 드러났다.

덜덜 떨며 저 녀석은 죽어야 되라고 중얼거리 듯 말하고 있었다.

"으어억……!!"

아선이 쏜 총알은 라베의 오른쪽 허벅지에 박혔다. 라베의 사무실에서 총을 챙겨 가는 것을 보고 아선도 뒤따라 이동을 한 것이었다.

다시 총을 쏘기 위해 아선이 방아쇠를 당기는 순간 하루가 블링크로 이동을 한 뒤 총을 하늘로 들여 올렸다.

탕! 하는 소리와 함께 총알은 하늘로 향해 쏘아지며 연기를 뿜었다.

"아저씨."

"놔!! 저런 놈은 죽여야 되는 거다. 내 가족들을……!"

"가족, 그래요. 가족 안 찾을 거예요? 저놈이 살아야 가족이 있는 곳으로 안내를 해줄 것 아닙니까!"

하루는 아선을 설득했다. 사실 부하 놈들 중 한 명을 잡아서 불게 하면 됐다.

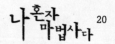

그러나 아선을 살리려는 것은 두고두고 괴롭히고 고통을 주기 위해서였다.

하루는 아선을 데리고 지영이 있는 쪽으로 갔다. 여전히 아선의 눈은 라베를 향해 살기를 내뿜고 있었지만 하루와 함께 지영을 부축하고 나서 등을 돌렸다.

"쿠윽… 으윽……!"

총알 때문에 아픈 다리를 끌고 주변을 두리번거리는 라베는 아무도 도와줄 사람이 없다는 것을 알았다. 자신이 전부 이곳에서 내보냈기 때문이었다.

라베는 일단 옷을 좀 찢어서 천으로 총알이 박힌 허벅지를 꽉 압박을 했다.

허벅지뿐만 아니라 여기저기 붓고 터진 곳이 있었지만 욱신거려도 어떻게 참을 수는 있을 정도였다.

그러나 총알이란 것의 위력은 대단했다. 박히고 나서 살 안쪽을 원형으로 박박 돌며 깎이는 기분이란 맞아보지 않았다면 모를 것이었다.

하루나 아선이 어쨌든 복수나 잡는 것 따윈 포기하고 라베 자신 먼저 살고 봐야 했다.

라베는 다리를 끌고 사람이 있을 만한 곳으로 이동을 하기 시작했다.

일단 사람만 만나면 최면 스킬로 자신을 부축하거나 도와주는 것이 가능했다.

그리고 경찰들의 통제가 풀린다면 사람들은 밀물처럼 들어올 것이다. 그때를 기다려도 될 것 같았다.

'기다리는 게 좋겠다. 출혈이……'

뚝뚝 피가 허벅지와 입 주변, 그리고 자잘한 곳에서 흐르고 있었다. 더 이상 움직이다간 상처가 더 벌어지고 말 것이었다.

"좋아. 좋았어."

지이이잉―

카메라의 렌즈는 정확히 라베를 찍고 있었다. 경찰들에게 걸리지 않을 것 같은 높은 건물로 올라온 것은 최고의 선택이었다.

이 정도라면 분명 큰 특종이었다. 엄청난 기술을 쓰고 순간이동까지 하는 남성! 거기다가 유령처럼 보이는 글래머 여성도 있었다.

경찰을 움직일 수 있는 권력 정도면 엄청난 거물이라는 것, 특종 중에 완전 대박 특종이었다.

"오케이… 컷! 틸 업하고 마무리해주세요."

"이 정도면 되겠죠. 놀라서 카메라도 놓칠 뻔했다니까요. 어떻게 저런 게 가능한지……."

나서경 기자의 말에 카메라맨이 라베를 찍고 있다가 라베가 고개를 숙임과 동시에 카메라를 공중으로 올려 찍으며 촬영을 중지했다.

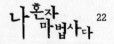

너무 엄청난 것이라 터지면 어떤 일이 일어날지 장담할 수가 없었다.

촬영한 것들은 전부 사무실의 컴퓨터와 나서경 기자의 컴퓨터 두 곳으로 전송을 하기 때문에 바로 가서 편집만 하면 됐다.

어떤 일이 일어날지 모르니 최대한 많은 복사본과 여러 곳에 저장을 해놔야겠다 생각하는 나서경 기자였다.

그사이 하루의 동영상은 부하들에 의해 주인님에게 보여졌고 모두 그곳에서 도망을 쳤다는 것도 주인님에게 알려졌다.

"그 양키 놈이… 역시 그런 놈은 쓰면 안 되는 것이었어요. 안 그래요?"

주인님이 많이 화가 나 있는 것 같았다. 이하루를 잡으러 갔던 부하 놈들이 전부 돌아올 정도면 엄청난 힘을 가지고 그만큼 많이 덩치가 커졌다는 증거였다.

"그 양키가 제대로 하는 일이 뭐가 있죠? 이하루도 못 잡고, 이아선이라는 그놈도 못 잡고, 심지어 유한정과 조준호도 놓쳐? 헬기에서 떨어졌는데 시신을 못 찾아? 하… 정말 답 없는 놈이에요. 잡아 오세요. 살아 있다면."

"네, 알겠습니다. 그런데… 이하루는 어떻게……."

"잡아야죠. 우리 세롬이 좀 불러와요."

주인님은 의자에 다시 앉았다. 라베가 너무 일을 크게 만들어놨기 때문에 수습을 하려면 시간이 좀 걸릴 것이었다.

헬기에서 떨어졌다는 유한정과 조준호는 처참한 몰골이었다.

지금은 간신히 머리로 생각 정도만 할 수 있는 몸 상태였다.

이자는 대통령이 공식적으로 보낸 자들이 아니었다. 자신들의 입으로 자기들과 같이 가지 않겠느냐 언론에 공개되기 전에 너희들은 죽을 것이다라고 말을 했다.

그 말을 들은 유한정과 조준호는 눈을 마주친 뒤에 헬기의 문을 열고 뛰어내렸다.

라베가 재빨리 최면을 쓰려 했지만 이미 헬기 문이 열리고 둘의 몸이 밖으로 나간 상태였다.

유한정과 조준호는 이들을 따라가거나 잡혀가면 죽은 자신들의 동료들의 보상은 어찌 될지 몰랐다.

대통령이라는 사람이 약속을 잘 지킬 것인가 확인도 해야 했다.

-히든 던전 '돌고래 조각상의 피눈물'에 입장하셨습니다.

-히든 던전임으로 물에서도 호흡이 가능해집니다. 대신 부력 때문에 행동에 많은 제약이 생깁니다.

―던전 클리어시 가까운 마을로 이동됩니다.

"하아… 조준호… 살…아 있나?"

"큭. 무식하게 뛰어내립니까…….'

바다에 빠지지 않고 맨 바닥에 그대로 박혔다면 목숨은 이미 이 세상의 것이 아니었을 것이다.

그나마 바닷속으로 다이빙을 했기에 살아 있는 것이었다.

물에 둥둥 떠올라 있는 채로 둘의 힘은 점점 빠져갔다.

"그…래. 좀 자자…….'

따스한 햇살이 내리던 날, 엄마와 함께 산책을 나온 지 세롬이라는 이름을 가지고 있는 어린 여자아이는 즐거웠다.

매일매일 바빠서 자신과는 놀아주지도 않고 집에 와서도 힘들다고 밥도 준 적이 별로 없었다. 모든 건 혼자서 해결을 해야만 했다.

"세롬아, 엄마랑 산책 나오니까 좋아?"

"응! 좋아!"

"그…럼 세롬아. 엄마랑 숨바꼭질할까?"

왠지 웃고 있으면서도 슬픈 얼굴이었다. 왜 저런 표정

을 짓는 걸까 세롬이는 궁금했지만 재미있는 숨바꼭질이었다.

"그럼 내가 찾는다~"

"응. 그래, 100까지 세고 찾는 거야. 알겠지?"

사실은 알고 있었다. 엄마가 자신을 버리고 가는구나, 떠나는구나, 이유는 힘들어서겠지, 단지 힘이 들어서 어린아이였던 자신을 버리고 연기처럼 어디론가 사라진 것이었다.

양심은 있었는지 집은 그대로 두고 나갔다. 옷만 몇 벌 가지고서, 친척이나 아빠도 없었기에 또다시 혼자서 뭐든 해결을 해야 했다.

"아가. 예쁘네? 가슴도 그 정도면 뭐, 봐줄 만하고……."

"아저씨들 돈 많죠?"

이런 쓰레기 같은 놈들을 상대해야만 했다. 몸을 팔았다. 어떻게든 살아야 했으니 여기저기 몸을 팔았다.

물론, 쓰레기 같은 놈들에게 판 건 아니다. 악마에게 몸을 팔았다.

그렇지 않고서야 여자아이의 손에서 이런 힘이 나올 리가 없었다.

세롬은 돈을 흔들며 보여주는 아저씨들에게 발과 주먹을 휘둘렀다.

하나같이 강한 공격이었고 명치들만 골라서 공격을

했다.

"카드… 잘 쓸게 아저씨."

세롬은 아저씨들을 죽이고 나서 묻어버렸다. 역시나 보는 사람은 없었다.

이러기 위해서 한적하고 어두운 골목길만 다니는 것이니 말이다.

물론 CCTV도 없었다. 시체를 찾는다 해도 증거를 찾기엔 어려울 게 틀림없었고 세롬은 아직 청소년이었다.

집에 들어온 세롬은 제일 먼저 방에 있는 곰 인형, 개 인형 등을 안으며 인사를 했다.

엄마가 나가고 나서 더욱 인형에게 집착을 하는 것이었다. 떠날 일이 없으니.

"후… 니달아~ 오늘도 나 힘들었어. 안아줘~"

[기달렸잖아… 세롬아.]

"……?"

특별이 아끼던 토끼 인형이 말을 건넸다. 그때부터였다. 밤마다 학살을 하기 시작한 게 말이다.

뉴스에 나온 게임화가 자신도 그리됐구나 생각을 했다.

세상이 어지러운 만큼 더욱더 날뛰었고 그사이 엄마에 대해 알게 되었다.

자신을 버리고 가던 그날, 살인 사건에 휩쓸려 감옥에

서 썩고 있다는 것이었다.

찾게 된다면 죽이려 했는데, 정말로 죽이려 했는데 그럴 수가 없었다. 감옥을 지키는 경비들이 너무 많았다.

그때였다. 주인님이 엄마를 죽여 줄 테니 자신의 딸이 되라고 다가온 것은.

"아빠."

주인님의 부름에 바로 달려온 세롬이는 주인님에게 안겼다.

세롬이 들고 있는 토끼 인형도 고개를 숙여서 주인님에게 인사를 했다.

"우리 세롬이… 아빠가 부탁할 게 있어요~"

하루와 아선은 부축하고 있던 지영을 침대에 조심히 눕혔다. 가까운 곳에 있던 호텔 중 한 곳에 들어간 것이었다.

말랑이를 소환한 하루는 지영을 지키고 있으라고 명령을 했다.

"이하루. 같이 가."

"아니요. 저 혼자도 충분합니다. 지영이 지키고 있어야죠. 말랑이도 잘 지키도록 하고."

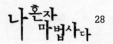

지영은 하루에게 추적 스킬이 있다는 것과 지금 라베의 위치가 명동 성당 쪽으로 향하고 있다는 걸 말해줬다.

일단 계속 따라다니기만 하면 되었기에 그쪽으로는 하루가 더 익숙하고 자가용 같은 것을 타더라도 블링크로 따라잡으면 그만이었다.

"… 잘 부탁한다."

"가족분들 전부 무사할 겁니다."

하루는 이 말만 하고 밖으로 다시 나갔다. 하루의 옆에는 채령만 말없이 따라올 뿐이었다.

삐에에에!

[주인님. 주인님!]

"블링크!"

하루가 급히 피했다. 만약 밤이었으면 저 무서운 발톱을 피하지 못했을 것이다.

머리에서부터 내려오는 거대한 그림자 때문에 아슬아슬하게 피할 수가 있었다.

하루의 앞에 나타난 생명체는 날개를 펄럭이고 온몸에는 이리저리 상처가 나 있는 마치 험난한 수련을 겪어내고 생긴 상처들이 있었다.

"하피……?"

사람의 몸을 가진 인간형 새였다. 역시나 아무것도 걸치지 않은 여성의 몸채였지만 풍겨오는 분위기가 남자

쪽에 가까웠다.

"설마 넌……."

삐에에! 에에에에!

잔뜩 경계하고 있는 하루가 당당히 나타나 하루의 앞이 앉아서 그렇다는 듯 울음소리를 냈다.

하피를 보자 하루가 생각는 것은 지영과 처음 만났을 때다.

전철을 갑자기 따라오며 공격을 하던 그 하피, 하루의 파이어─버스터에 따돌릴 수 있었던 그 하피였다. 역시 그때의 모습과 지금의 모습은 360도 달랐다.

'그때 그 하피가 설마 나 하나 잡겠다고……?!'

원래 새라는 종족은 머리가 나쁘기 마련이다. 생각 자체를 잘 하지 못하는데 이 하피는 복수를 하겠다고 무슨 훈련에 자신까지 정확히 찾아왔다.

'무식한 건가…? 아니면 진짜 머리가 좋은 건가…….'

하피가 날개를 펄럭이며 하늘로 다시 날아올랐다. 어쨌든 하루를 적으로 인지했으니 하루도 가만히 있을 수는 없었다.

"페나테스. 착복."

순식간에 바뀌는 하루의 모습! 장비를 받고 나서 제대로 된 사냥을 할 것만 같았다.

날개 때문인지는 몰랐지만 이렇게 큰 몬스터는 처음 접

하는 것이었다.

"블링크. 비팅 스피어!"

공중으로 순간이동을 한 하루는 페나테스를 하피에게 찔러댔다. 희미하게 하피의 머리 위에 떠 있는 글씨를 봤다.

분노하는 노력의 하피

수식어가 두 개나 붙어 있다. 지금까진 보지 못했던 그런 이름과 머리 위에 저런 글씨가 뜬다는 것은 처음 알았다. 처음 봤다.

하필이면 라베를 쫓아야 할 때 나타나다니 타이밍이 좋지 않았다.

삐이이이!

하루의 갑작스러운 공격에 하피는 적절히 대응을 했다.

창의 길이보다 빨리 뒤로 날개 짓을 한 것이었다. 공격이 닿지를 않으니 하루의 몸은 당연히 바닥을 향했고 다시 한 번 하루가 블링크로 바닥에 착지 했다.

그와 동시에 날린 파이어─버스터가 하피에게 작렬하려 했지만 어떤 훈련을 한 것인지 날개까지 접었다 폈다 하면서 피했다.

그 모습을 본 하루는 어이가 없었다. 몬스터가 저런 식
으로 피하다니, 거기다가 반격까지 해오니 대단하다고
밖에 말을 할 수가 없었다.

"매직미러!"

날아오는 하피의 깃털들이 마치 화살이 날아오는 것과
같았다.

매직미러로 간단히 하피의 깃털들을 튕겨내 버렸다. 갑
옷이 있으니 쓸데없이 마나를 낭비하지 않아도 되지 않
느냐 물을 수도 있겠지만 하루는 왠지 모를 오싹함이 느
껴졌다. 충분히 하피가 위협적이라는 뜻이었다.

하루가 마나를 뽑아내기 시작했다. 하피의 움직임이라
면 시져 니들으로도 맞추지 못할 것 같았다.

채찍처럼 길게 뽑아내서 피하지 못하게 공격을 하는 수
밖에 없었다.

"맞아ㄹ……!"

마나 채찍을 하피에게 휘두르려고 팔은 흔들었는데 하
피가 어떤 이유서인지 하루 쪽으로 추락… 아니, 공격
을 하기 위해 빠르게 수직 낙하를 하고 있었다.

하피의 몸에 공격이 들어갔지만 하피는 멈추지 않았
다. 신경도 쓰지 않는 것을 보면 그만큼 방어력도 높다는
뜻이 됐다.

"매직미러! 매직미러! 매직미러!"

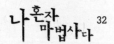

하루는 위화감에 만들었던 마나 채찍을 놓고 하피가 오는 방향으로 방어막을 만들어댔다.

그 위로 부딪히는 하피는 튕겨져 나가면서도 계속 매직미러에 머리를 박고 있었다.

팔도 하루를 꼭 잡고 말 것이라는 마음을 지닌 듯 매직미러 위를 때려댔다.

정말 순식간이었다. 하루의 매직미러가 빗금을 그리며 깨져나갔다.

'무, 무슨!'

하루가 아무것도 하지 않는 것은 아니었다. 자연의 마나로 하피에게 바람을 날렸으나 바람을 이용해 나는 공중형 몬스터에게 소용이 없는 듯 하피는 바람을 타며 계속 하루를 옥죄어왔다.

"꺄아아아!"

"도, 도망쳐!"

경찰들이 명동으로 들어가지 못하게 막는 것을 풀었는지 시민들이 오고 있었다.

그러나 하피의 모습을 보고는 비명을 지르고 여기저기서 도망치라고 소리를 쳐댔다.

하피가 고개를 갸웃하며 시민들의 모습을 바라봤다. 또 약해 보이는 먹잇감을 찾았다는 눈초리였다.

[주인님!]

채령이 하피의 머리 위에 올라가 있었다. 전에도 저렇게 있었었다.

채령의 모습에 눈치를 챈 하루는 재빨리 스킬명을 외쳤다.

잠깐이라도 하피의 움직임을 멈출 수가 있었다.

"강령술! 파이어―버스터! 시켜 니들! 네 상대는 나다!"

재빨리 망토를 워느호니아의 망토를 두른 뒤 그 안에 내장되어 있던 강령술을 쓴 덕분에 하피의 움직임은 날개 짓을 하는 채로 공중에서 멈췄다.

잠깐이지만 하루가 충분히 공격을 할 수 있을 정도는 되었다.

보통 이 정도의 공격이면 죽는다. 그러나 하피는 긴장의 끈을 놓을 수가 없었다.

―강령술이 실패하였습니다. 분노하는 노력의 하피의 분노로 공격력이 20% 상승합니다.

삐에에에에엘!!

자신의 몸에 누군가 들어오려 했던 게 기분 나빴는지 하피는 매직미러를 전부 깨트리고 하루를 때렸다.

복부, 팔, 다리까지 모두 맞아버렸다. 그러나 갑옷은 거의 무적이었다. '방어에 성공했습니다! 방어에 성공했습니다!'라고 알림음이 들렸지만 공격으로 인해 몸의 흔

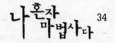

들림에 의한 떨림까지는 막을 수가 없었다.

"크윽!"

회피가 뛰어난 만큼 방어력이 높은 줄 몰랐다. 거기다가 공격력의 상승, 완전히 하루가 하피를 잘못 알고 있었다.

자신을 공격한 것이 분한지 하피는 도망치는 시민들은 보지도 않은 채 하루만을 공격했다. 그렇다고 가만히 있을 하루가 아니었다.

피할 곳도 없이 시져 니들을 생성하여 하피에게 날려 보냈다.

몇 개 정도 피한다 하도 다 피할 수는 없었다. 그리고 피한 시져 니들은 하루가 컨트롤로 마나를 뽑아 잡은 뒤, 다시 하피에게 날렸다. 그야말로 유도탄과 비슷했다.

"어, 엄청나다… 빨리 카메라 돌려!"

혹시나 더 다른 일은 없나 라베가 있던 곳으로 향하던 나서경 기자였다.

지금 앞에 보이는 광경은 놀라웠다. 사라졌던 푸른 갑옷의 사나이가 커다랗고 무서워 보이는 괴물 새와 싸우고 있었다.

전투 모습을 보며 사나이의 정체가 정말 마법사라는 것을 알게 되었다.

원소를 다루는 것은 단 하나의 직업밖에 없었다. 무에

서 유를 창조 하는 것! 최대 화력과 일대일, 일 대 다수의 대결 모두 가능한 최고의 직업이라고 불리는 게임 속 캐릭터였다.

카메라맨은 다시 촬영을 시작했다. 피해가 올 수 있었지만 저 괴물 새와 마법사는 서로만 보며 공격을 하고 있었기에 나름 안심할 수 있었다.

"도대체 체력이 얼마나 되는 거야!!"

하루는 거의 완전히 바닥에서만 싸우고 있는 하피에게 페나테스를 휘둘렀다.

이리저리 찔리면서도 하루를 공격하는 건 멈추지 않았다.

공격이 통하지 않다는 것을 모르는 것일까? 붉게 충혈된 눈을 하고 제발 좀 죽어라라는 듯 주먹과 날개 짓으로 하루를 공격했다.

스륵—

"어… 어……?"

갑자기 하늘이 빙빙 돌기 시작했다. 치열한 공방전이었고 체력은 그대로이고 하피는 그래도 데미지를 입고 있었다. 그러나 쓰러지는 쪽은 하루였다.

—무리한 충격으로 인해 '기절' 상태가 됩니다.

삐에에에에에에!!

하피는 드디어 쓰러지는 하루를 보며 괴성을 질렀다.

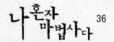

복수를 성공했다고 좋아라 하는 것이었다.

쓰러진 하루의 의식은 알림음이 들리며 그대로 끊겨버렸다. 하루가 쓰러지자 바빠진 건 나서경 기자와 카메라맨이었다.

마법사가 죽었다 생각하고 하피가 자신들에게 날아올 것이라 생각한 것이었다.

'나, 난 아직 결혼도 못했단 말이야! 처, 처녀!는 아니지만. 그래도!'

하피는 날개를 펄럭였다. 이상한 행동을 하는 하피의 모습에 나서경 기자와 카메라만은 도망치다 말고 멍하니 있을 뿐이었다.

툭, 툭.

하루를 발로 차더니 두 발로 하루를 잡고 날아가는 것이었다.

"왜 그냥 가는 거지? 아니, 아니. 다 찍었지……?"

"그럼. 다 찍었지."

일단 살고 봐야 한다는 생각에 카메라는 그대로 두고 뛰던 카메라맨이었다.

"후… 그 외국인과 마법사. 새 괴물에 경찰들을 움직일 수 있는 권력자… 도대체 뭐야……?"

숨바꼭질

　세롬이가 제일 아끼는 토끼 인형 니달을 데리고 명동 쪽에 헬기로 날아와 내렸다.

　한바탕 자연재해라도 지나간 듯 중심 쪽이 아주 아수라장이었다.

　"마법사…라구. 그 오빠도 귀엽나?"

　[조심해야 될 것 같은데.]

　"우움… 나두 알아. 근데 라베라는 사람은 어디 있는 거야?"

　[그건 뭐 알아서 하겠…….]

　세롬이의 손이 쉴 새 없이 움직였다. 니달이 움직이기

위해선 세롬의 컨트롤이 필요했지만 인형에 지능이 있는 건 니달뿐이었다.

 다른 인형들은 니달처럼 말을 하거나 생각을 할 수도 없었다.

 어디로 가면 좋을까 세롬과 니달이 생각을 하던 도중 라베라고 보여줬던 사람의 얼굴이 눈에 보였다.

 '세… 세롬……?!'

 자신을 도와주기 위해서가 아닌 끌고 가기 위해서 주인님이 보낸 놈들에게 최면을 걸어 드디어 움직일 수가 있게 된 라베였다.

 세롬은 라베도 잘 알고 있는 실력자 중 하나였다. 스킬 같은 게 없이 사람을 무차별하게 줄일 수 있는 사람이었다.

 "하하하. 세롬… 아닙니까."

 "아저씨. 혹시 이하룬가 하는 마법사 어디로 갔는지 알아?"

 "저도 당해버렸는지라… 모르겠습니다. 죄송합니다. 그치만 멀리는 못 갔을 겁니다."

 라베는 최대한 자연스럽게 행동을 했다. 최면을 걸고 자신의 손에서 벗어나려고 하는 것을 알면 가만히 놓지 않을 것이다.

 "음… 그래? 아저씨. 나랑 숨바꼭질…할래?"

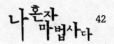

"아, 아하하! 주인님이 부르셔서 쟤가 빨리 좀… 하하."

방금 세롬의 표정에 섬뜩했다. ∀에서는 이런 말이 있었다.

세롬과 숨바꼭질을 하다 잡히면 그 자리에서 죽는다고 말이다.

벗어날 수 있으면 최대한 벗어나야만 했다. 라베의 말에 세롬은 고개를 끄덕이며 인벤토리에 넣어 두었던 인형들을 꺼냈다.

"애들아~ 빨리 걔네들 찾자~"

세롬의 손이 바삐 움직였다. 꿈틀거리는 손으로 인형들을 움직이는데 손과 인형들의 사이엔 실 같은 것이 길게 이어져 있었다.

그 모습을 보고 라베는 다행이 세롬이 눈치를 채지 못했구나 하고 자리를 피하기 위해 자신을 부축하고 있는 사람 둘에게 명령을 내렸다.

통증이 점점 심해지는 것 같아서 약국이나 병원에 가서 소독과 진통제를 구해 먹어야 했다.

"찾, 찾았나 보네. 웬 개가 있어…? 강아지!"

히힛 하며 세롬이 움직였다. 세롬의 인형이 찾아낸 곳은 호텔 복도 쪽에서였다.

아선의 모습이었는데 밖에서 하루가 당하는 모습을 보

고 어떻게 해야 할지 생각을 하다가 나가려 했던 것이다.

지영이 언제든 어디 있는지 알 수 있다고 나가지 말라 했지만 흥분한 아선은 그 말을 듣지 않았다.

그러다 세롬의 인형을 만난 것이었다.

"뭐…야?"

원숭이 인형이 자신의 앞을 막고 있다. 상식적으론 말이 되지 않았다.

가만히 있길래 아선은 옆으로 지나가려 했지만 원숭이 인형이 벽을 짚고 뛰어올라 아선의 몸통 부분을 발로 찼다.

아선이 놀라서 주먹을 휘둘렀지만 애꿎은 호텔 벽에만 금이 갈 뿐 원숭이 인형은 맞추질 못했다.

민첩하고 교활하게 움직이는 모습이었다.

"이… 이놈이……!"

"그쪽이 아선…이라는 사람인가?"

몇 번 공방을 오가고 나서 세롬이 아선의 앞에 나타났다.

원숭이 인형의 공격을 받아서 조금이지만 체력이 깎여 있었다.

"아저씨. 우리 애들 왜 그렇게 때리려 해? 자칫 맞기라도 해서 솜 빠져나오면 책임질 거야?"

세롬이 입술을 쭉 내밀고 좀 전에 다시 회수를 했던 인

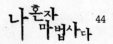

44

형들을 꺼냈다. 복도를 지나갈 수 없을 정도였다.

"여기 어디 방에 마법사가 있겠구나?"

한참 동안이나 하피의 커다란 발톱에서 비행을 하고 있는 하루의 정신이 조금씩 들기 시작했다.

보기만 해도 아찔한 높이였기에 여기서 발버둥을 친다든가 마법을 쓴다면 왠지 떨어트릴 것 같은 느낌 때문에 가만히 풍경만 바라봤다.

눈을 뜨고 있기도 좀 무서웠지만 그래도 어디로 가는지 정도는 알고 있어야만 했다.

'그린벨트……?'

귓가에 그린벨트 지역에 입장을 했다고 알림음이 들려왔다.

그린벨트라면 개발 제한 구역을 뜻하는 것이었다. 자연을 보호하자는 취지로 정부에서 지정한 곳이었다.

'그렇다는 말은…….'

사람들이 별로 없는 곳에는 몬스터들이 점점 많아진다.

그렇다는 말은 그린벨트라는 곳은 몬스터들의 마을 같은 곳이었다.

"으어어어어!!"

갑자기 하피가 하강을 하는 통에 잘 참고 있다가 비명을 질러버렸다. 놀란 하피가 잡고 있던 하루를 놓아버렸다.

하루는 그대로 바닥을 향해 곤두박질을 치고 있었다. 입을 열어 블링크를 쓰기도 전에 우뚝 솟아올라 있는 나뭇가지를 우두둑 부러트리며 떨어졌다.

바닥에 엉덩방아를 찧으니 허리에 충격이 고스란히 올라왔지만 떨어진 체력은 장비 덕분에 미미한 수준이었다.

"하… 도대체……."

아픈 엉덩이와 허리를 잡으며 일어선 하루는 왠지 음산한 느낌에 주변을 둘러보았다.

나무에 가려져 어두운 숲이었다. 거기다 물컹이는 물체들이 점점 모이고 있다는 기분이 들었다.

하루가 일기로는 최약체로 알고 있지만 그 지식이 여기까지 통할지는 의문이었다.

"슬라임……."

하루는 테나토스를 잡고 슬라임에게 위협을 했다. 여기다 하피까지 하루를 찾으면 전투가 많이 어려워질 수가 있었다.

최대한 빨리 처리를 해야 했기에 하루가 테나토스를 휘

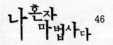

46

둘렀다.

 푸욱 들어가는 느낌이 예사롭지가 않았다. 마치 쏙 빨려가는 듯한 느낌!

 이대로 두면 안 될 것 같아 바로 테나토스에 얼음을 인챈트해버렸다.

 물, 불, 바람, 흙만 되는 인챈트 스킬이지만 물 속성과 얼음은 비슷했으니 빙하—빙하장막과 같은 효과를 주며 슬라임의 체내가 얼어갔다.

 하루가 힘을 줘서 테나토스를 횡으로 꺼내버렸다. 깨지는 듯한 슬라임은 그대로 녹아내려서 사라졌다.

 같은 방법으로 처리를 하면 될 듯하여 인챈트가 되어 있는 상태로 다음 슬라임들을 향해 테나토스를 겨눴다.

 "비팅 스피어!"

 슬라임들의 수가 꽤나 많았기에 다소 심리적으로 압박되는 느낌이 있었다.

 이번엔 슬라임들을 찌르고 베려 했지만 튕겨냈다. 테나토스의 공격력이 그리 약한 게 아닌데 물컹한 저 표면을 뚫지 못한다니, 하루 입장에서 충격이었다.

 "파이어—버스… 아, 시져 니들!"

 하루는 자칫 큰소리라도 나면 그 귀찮은 하피가 찾아낼 수도 있어서 최대한 소리가 안 나는 시져 니들을 슬라임들에게 날렸다.

움찔 하면서 초록색의 슬라임들이 뒤로 약간씩 밀려났지만 그대로 죽는 슬라임은 없었다.

그렇지만 반응을 순간 파악해보니 어느 정도 데미지를 입는다는 것은 기정사실이었다.

"죽어라! 죽어서 내 경험치가 되어라!"

최근 느끼는 것인데 지능을 올려도 한계가 있는지 천재들처럼 머리가 잘 돌아가지는 않는 것 같았다. 역시 타고나야만 하는 것인가 생각이 들었다.

하루 자신이 게임 캐릭터라면 지능을 올리면 마법사에게 중요한 마법 공격력이 올라갈 것이다.

그렇지만 그 게임 캐릭터를 플레이하는 사람은 컨트롤 능력이 향상되는 것이지 모든 지식들이 저절로 들어오거나 책을 보면 막 전부 다 외워지는 것은 아닐 것이다.

'어느 정도 올리는 것에 효과는 있는 것 같지만… 다른 곳에 투자도 좀 해야겠다.'

레벨이 오르면 힘과 민첩성 같은 것에 투자를 할 생각이었다. 그래야 나중에 밤에 쓸 수도 있을 테니 말이다.

"아니, 그게 아니라 왜… 안 죽지?"

더 많은 마나 바늘들을 날렸지만 그대로였다. 계속 하루의 몸을 탐하는 것같이 기어왔다.

하루는 너무 약한 게 아닌가 생각을 하고 어쩔 수 없이 토네이도─버스터를 시전했다.

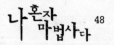

사방에 터지는 빨간 토네이도를 만들어냈기에 소리가 엄청났다.

—레벨이 올랐습니다. 스텟을 분배해주세요.

—레벨이 올랐습니다. 스텟을 분배해주세요.

드디어 슬라임들이 소리 없이 죽어갔다. 잠시 후 스킬 지속 시간이 끝나고 사라지자 하루는 바닥에 떨어져 있는 잡템들과 슬라임의 진액이 묻은 갑옷과 무기 몇 개를 주웠다.

"줍는 것도 일이네. 루팅 펫 같은 건 없나."

한가한 소리를 하면서 줍는 하루는 계속 하늘도 주시하고 있었다.

언제 나뭇잎들이 흔들리며 바람이 불어오고 하피가 나타날지 몰랐다.

츠르르르—

"…이번엔 뱀……?"

왜 이렇게 자꾸 한꺼번에 나타나는지 몰랐다. 뱀들의 정체는 살모사였다. 독 한 방이면 생명에 엄청난 위험이었다.

왜 그리 사람들이 살모사의 독을 무서워하냐면 독 한 방울이면 사람의 피가 젤리처럼 고체가 되는 것이다. 그렇기에 무서워할 수밖에 없었다.

아무리 하루라도 해독 능력이 없는 상태였기에 물리면

그 자리에서 사망이었다.

뚝. 뚝.

살모사가 머리를 꼿꼿이 세우며 하루의 주변에 포진했다.

결국 한 발자국도 움직이지 못하고 다시 갇히게 된 것이었다.

"설마… 계속 이렇게 오는 건 아니겠지…? 토네이도─ 버스터!"

하루는 쓰기 시작한 거 계속 쓰기로 마음을 굳혔다. 하피가 와도 귀찮을 뿐이고 기절을 할 위험이 있을 뿐이었지 죽거나 목숨이 위험한 것은 아니었다.

나름 손쉽게 몬스터를 잡아가는 하루와는 다르게 목숨을 걸고 사냥을 하며 움직이는 사람들이 있었다.

예상치 못한 사람을 따라가는 바람에 날던 헬기에서 떨어진 유한정과 조준호였다.

어느 정도 잠에 들어 쉬던 유한정이 먼저 일어나서 몸을 움직였다. 역시나 물속이었기에 몸이 잘 움직여질 리가 없었다.

보이는 게 조준호와 해초, 돌과 물뿐이라서 두려웠지만

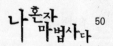
50

숨도 지상에서와 같이 쉴 수 있고 눈도 제대로 뜰 수가 있었다.

일단 유한정은 아직까지 잠에 빠져 있는 조준호를 흔들어 깨웠다.

조금 낑낑거리다 일어난 조준호는 자신의 몸부터 확인했다.

무사한 것을 확인한 조준호는 주변을 둘러보고 유한정과 같은 반응을 보였다.

"여기가 어딘지 확인부터… 해야겠죠."

"사나이 유한정! 여기서 죽을 순 없지. 일단 정찰하고, 어떻게 나갈지 생각해봐야지."

어디서 나오는 에너지인지 유한정은 밝은 목소리로 기운을 돋아나게 하고 있었다.

헬기에 탔었던 나머지 대원들이 생각났지만 둘은 서로에게 대원들을 입에 담지 않았다.

두 손으로 물살을 가르며 앞으로 나아갔다. 그러자 불투명하고 익숙히 잘 알고 있는 생명체가 나타났다.

말처럼 생겨서 붙여진 이름 '해마'였다. 그러나 몸집이 사람만 한 것을 보니 이 녀석도 역시나 몬스터였다.

"조준호."

유한정이 조준호를 부르며 전투 태세를 갖췄다. 공격이라도 한다면 잘 움직이지도 않는 몸을 움직여 가며 싸워야만 했다.

조금 더 다가가자 두 마리 정도가 유한정과 조준호를 바라봤다.

그리고 입을 오물오물하더니 각각 둘에게 물줄기가 날아왔다.

빠르기가 아슬아슬하게 피할 수 있는 정도였기에 많은 전투를 해온 둘은 살짝 살결은 스치며 피할 수 있었다.

그리고 유한정의 대쉬, 아무리 물속이여도 스킬은 먹히는 것 같았다.

해마 한 마리의 앞에 온 유한정은 대검을 휘둘러 해마의 옆구리를 베었다.

그러나 물속에서 생활해 온 해마가 순순히 맞을 리가 없었다.

좀 전 유한정과 조준호와 같이 꼬리를 흔들어 움직이며 피해를 줄였다.

그 와중에 조준호가 화살을 날렸다. 마찬가지로 일점사라는 스킬을 썼기에 관통력과 회전력이 좀 더 강해져서 작은 회오리를 그리며 해마에게 명중을 했다.

"한 마리, 한 마리가 뭐 이리 힘드나. 이래서야 언제 여길 클리어하는 거야……."

"그래도 잡을 만은 하지 않습니까."

몇 번의 공방을 하고 나서 해마들이 죽었다. 조준호의

말대로 잡을 만은 했지만 부력 때문에 정신적인 피로감
이 드는 것 같았기에 무리를 하면 안 됐다.

잠시 쉬었다가 시야를 방해하던 돌덩이를 돌자 또다시
해마가 튀어나왔다.

그러나 이번엔 색이 달랐다. 마치 비싼 해산물 같이 빛
나는 황금색 해마였다.

왠지 강해 보였기에 다시 돌 뒤로 숨은 유한정과 조준
호는 어떻게 할지 의논을 했다.

"적은 하난데… 좀 보스급처럼 보이지 않나?"

"NO.3보다는 약할 것 같은데요."

"당연한 말을…! 후우…….."

큰 전투에서 이긴 유한정이었다. 많은 희생이 있었지만
더 많은 시민을 지켜냈다.

한정 공격대 대원들의 가족들을 먹여 살리기 위해선 여
기서 살아남아 감시라던가 제대로 약속이 이행되고 있
는지를 확인해야 했다.

"사냥하러 가볼까. 먼저 딜 넣고 내가 들어간다."

원거리에서 상대가 눈치를 채기 전에 공격을 하는 것이
조금 더 이득이었다.

어쨌거나 상대 체력을 깎고서 시작하는 것이니 말이
다.

주변에 몬스터가 많을 때는 이 방법을 쓰면 원딜에게

몹들의 어그로가 풀리기 때문에 체력이 높은 유한정 같은 전사가 먼저 어그로를 끌고 딜을 넣어야 했다.

"스핀 로우! 일점사!"

조준호가 황금 해마에게 조준을 하고 쏜 스핀 로우는 좀 느리게 날아가는 대신 맞으면 많은 데미지를 주는 스킬이었다.

늦게 날아가는 화살과 빠르게 날아가 관통 데미지까지 주는 일점사, 먼저 빠른 일점사의 화살이 박히고 어그로가 끌렸을 때 바로 스핀 로우가 막혔다. 거기다 크리티컬 데미지까지!

"제대로 들어갔네. 대쉬. 혈십자! 반월검!"

체력 소모가 좀 심해서 별로 쓰지 않던 스킬을 순간 퍼부으며 유한정의 공격이 시작됐다.

근접에서 검으로 공격하는 사람들에게는 유한정이 쓰는 혈십자라는 스킬처럼 피에 관련된 스킬들이 많았다.

체력을 흡수하기도 하지만 또 그만큼 사용을 하는 스킬, 유한정은 숙련도가 나름 높았기에 사용할수록 약간이지만 체력들이 올라갔다.

조준호는 계속 뒤에서 지원 사격을 해주었기에 황금 해마는 처참히 도륙되고 있었다.

맞고 있던 황금 해마가 몸을 스르르 떨었다. 그러자 주변에서 투명한 해마들이 생겨났다.

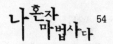

잡을 수 있을 만한 네 마리였지만 아직 황금 해마도 죽지 않았다. 물량으로 밀어 붙이면 어려운 싸움이었다.

"회전격! 회전격!"

유한정은 어지러웠지만 나름 범위 스킬인 회전격으로 해마들을 공격했다.

조준호는 일단 황금 해마를 집중적으로 공격했다. 동료를 불렀다는 것은 그만큼 자신이 위험하다는 것을 알았기 때문일 것이다.

"조금만 더!"

"이미 잘 버티고 있다고! 혈십자. 블러드 웨이브!"

간당간당 체력을 유지하며 해마들이 쏘아대는 공격을 받아 내거나 피했다. 그러던 중 다시 한 번 황금 해마가 몸을 흔들었다.

'여기서 죽나… 죽겠구나…….'

또다시 투명한 해마들이 나타날 것이다. 아직 전에 나온 해마들도 처리하지 못했는데 말이다.

그때였다. 멀리서부터 고막을 찢을 것 같은 끼이이이이 소리가 들려왔다.

분명 어디선가 들어본 기억이 있었다. 해마들도 이 소리에 몸을 돌돌 말았다.

[인간들.]

[우릴 도와줄 수 있나.]

[반드시 은혜를 갚아야 한다. 인간.]

귀를 막아도 들려왔던 소리의 정체는 멀리서부터 빠르게 다가오는 모습을 보고 알아차릴 수 있었다.

지능이 높고 무리지어 활동을 하는 돌고래의 모습이었다.

등은 짙은 남색이었고 배는 하얗게 보였다. 그리고 눈 주변에 안경처럼 물들어 있었다.

이제야 생각이 났다. 여긴 히든 던전이었고 던전 명칭이 '돌고래 조각상의 피눈물'이었다.

돌고래와 관련이 있었을 것인데 정신없어서 생각도 못하고 있었다.

"왜 우릴 도와주는 거지……?"

"몬스터가 아니야?"

돌고래들이 황금 해마를 비롯해 나머지 해마들에게 박치기를 하고 입을 벌려 초음파로 고통을 주며 처리를 했다.

유한정과 조준호가 체력을 어느 정도 깎아 놓았기에 빨리 정리가 된 것이었다.

[우리는 이곳에 살던…….]

수많은 인형들 틈에 말랑이는 피떡이 되어서 구석에 있었고 지영은 감히 대항할 생각도 하지 못했다.

아선도 말랑이처럼 피떡이 되어 있었다. 아직 뭔가 할 게 남았는지 죽이거나 하지는 않았지만 쓸 곳이 없다면 처참히 버려질 게 분명했다.

"언니. 아저씨. 이하루 오빠 어디 갔어?"

"몰라. 왜 찾는 거야? 너도 ∀야?"

역시나 궁금한 건 이하루의 행방이었다. 그러나 지영은 쉽게 대답을 해줄 수가 없었다.

이런 어린아이가 덤빈다면 공격을 제대로 할 수 있을지 없을지 몰랐다.

세롬은 아선을 때렸었던 원숭이 인형을 움직이며 입을 열었다.

"언니. 그냥 좀 알려주는 게 좋을 것 같은데… 내가 그냥 살려두는 게 아닌 건 알아야지."

눈초리가 정말 무서운 아이다. 그런데도 귀엽게 생겼는데 딱 남자 홀려서 죽일 상이었다.

아선이 꿈틀대며 움직였다. 그리곤 세롬을 보며 이하루가 어디로 갔는지는 모르고 끌려간 방향은 안다고 했다.

그 말에 지영이 설마 아선이 배신을 하다니 생각하고 째려봤다. 아선의 눈은 필사적이었다.

'라베 놈도 죽이고. 가족도 찾고. 선혜 복수도 해야

돼… 이대로 죽을 순 없다.'

아선에겐 지켜야 할 가족이 있고 해야 할 일도 있었다.

지금 이 인형을 조종하는 괴물 같은 아이에게 이길 순 없었다. 이하루, 하루가 제일 필요했다.

[세롬. 저 녀석만 데리고 가고 여자는 죽이는 게… 아, 아니다. 혹시 모르니까 데려가자.]

"혹시라니 뭐? 니달. 나 저 언니 인형으로 만들고 싶다. 내 인형~"

오싹한 말을 하는 세롬이었다. 근데 그것이 말뿐이 아니었다.

여러 가지 방법으로 사람들을 죽이다가 스킬이 하나 생겼다.

'영혼 놀이'라는 스킬인데 이 스킬을 사용하고 난 뒤에는 인형 관련 스킬을 3일 동안이나 쓰지 못했다.

어떠한 일이 일어날지 모르는 이런 세상에서 스킬을 사용하지 못하는 것은 엄청난 압박이었다.

'저번에도 당할 뻔했지…….'

스킬이 생성될 때부터 3일간 다른 스킬을 쓰지 못하는 동안 누군가의 공격을 받은 바가 있었다.

가까스로 살아났는데 그때부터는 조심하고 또 조심했다.

"일단. 끌려가다니 그게 무슨 말이야?"

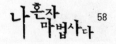

"좀 전에 대형 하피와 싸우다 기절한 건지… 아니면 죽은 건지. 이하루는 그 하피가 데리고 동쪽 방향으로 사라졌다."

힘겹게 입을 여는 아선이었다. 입 주변에 난 상처들이 욱신거렸다.

"하피가… 나타나? 거짓말을 하면 어찌 될지는 아니까… 후."

"지영아… 넌 어디로 갔는지 위치를 알잖아? 스킬."

숨기고 싶었던 것을 아선이 말해버렸다. 지영은 시간을 끌면서 뭘 어떻게 해야 할지 생각하려 했는데 그것조차 되지 않았다.

그리고 ∀에서 지영 자신이 이러한 스킬을 가지고 있는 것을 안다면 하루와 아선 같이 잡으려 들것이다.

어쩔 수 없었다. 모든 것을 하루에게 걸 수밖에 없었다.

"가…자……."

하루는 지금 마법이라면 신물 날 정도로 쓰고 있는 중이었다.

도대체 이런 그린벨트에 뭔 몬스터가 나오는 출입구라도 있는지 쉴 새 없이 나왔다.

일반 동물이라면 냄새 같은 걸 잘 맡고 위험을 감지할
줄 안다.

하루는 살모사를 잡고 얻은 독주머니에 있는 독들 중
일부를 주변에 뿌려두었다.

그래서 좀 떨어진 곳에서 샤벨 타이거가 대기 중이었
다.

매우 빠른 놈이었기에 긴장을 늦추면 안 됐지만 좀 쉬
고 싶은 건 있었다.

'그나저나 하피는… 안 오는 건가?'

이렇게나 큰소리를 내며 싸웠는데 오지 않는 것을 보면
뭔가 일이 생긴 게 분명했다.

그렇지 않으면 하늘을 가리고 있는 이 나무 때문에 내
려오질 못하고 있다든지 말이다.

예상한 하루의 생각은 딱 들어맞았다. 이리저리 빙빙
돌며 자신의 먹이가 어디 있는지 찾았고 소리 때문에 어
디 있는지 알아냈다. 그러나 내려가기가 좀 어려웠다.

나무 때문에 바로 위에서 하강하는 것도 좀 그렇고 체
력이 얼마 없었다.

제일 중요한 것으로는 이곳은 원래의 하피에게도 살아
남기 힘들었던 곳이다.

아직 자신보다 강한 놈들이 많이 있었다. 물론 하늘에
선 당해낼 자가 별로 없지만, 지상에서는 아니었다.

끼이이…….

결국 하피는 포기하도록 했다. 어떻게든 저 녀석은 죽을 것이다.

복수는 그것으로 충분했다. 얼마 전에 낳은 새끼들에게 먹이로 주려 했는데 아쉬웠다. 다른 먹이를 찾아보는 수밖에 없었다.

"아아아아!!"

하루는 자신의 머리를 마구 때렸다. 샤벨 타이거는 멀리서 저놈이 왜 저러고 있나 유심히 쳐다봤다. 멍청하게도 하루는 괜히 힘을 빼고 있었다.

당장 인벤토리에서 오니에게서 얻은 감투를 썼다. 샤벨 타이거의 시선에서 하루가 감쪽같이 사라진 것이었다.

크르으으…….

혹시 다른 곳으로 이동했나 움직이며 갈팡질팡 두리번거렸다. 그러나 하루는 그대로 있었다.

달콤한 휴식의 시간이었다.

하늘도 올려다보고 주변에 뭐가 있는지 구경도 하며 쉬다 갑자기 쿵! 하는 소리가 났다.

그 누구에게도 보이지 않는 상태였기에 하루는 옆에 있던 채령과 함께 소리가 난 쪽으로 향했다.

삐이이이이!!

쿠워어어어어!

'하피?'

하루와 싸웠던 하피의 모습이었다. 무척이나 힘들게 싸우고 있었다.

하루는 꼴좋다는 듯 받을 벌은 받아야지 하면서 고개를 끄덕이고 있었다.

하피의 상대는 커다란 흑곰이었다. 하피와 동급이지만 하루와 싸워서인지 자꾸 도망치기만 하려는 모습이었다.

하피가 날아서 도망을 치려면 어김없이 날개를 잡아 끈 뒤 때렸다.

이미 흑곰은 이 싸움은 이길 것이라고 확신을 하고 있었다. 다만 하루가 흑곰을 공격하지만 않았으면 말이다.

"파이어─버스터! 속박!"

하피는 저 인간이 왜 자신을 도와주고 있는 것인가 생각을 했다.

아까 실수로 놓아준 것 때문에 살려줬다고 생각하나? 자신을 공격하려던 것을 저놈에게 잘못 날린 것인가?

잘 돌아가지 않는 머리로 순간 생각했다.

흑곰은 하루의 공격을 무시하고 하피를 할퀴고 몸통을 박았다.

딱 봐도 엄청난 힘, 채령은 왜 이런 선택을 했는지 이해하지를 못했다.

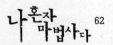

다 생각이 있으니 그러는 것이라고 하긴 했는데 왠지 불안했다.

"시켜 니들, 시켜 니들, 속박! 컨트롤—"

자신을 무시했다. 흑곰이 저렇게 나온다면 하루가 생각한 작전은 실패였다.

그렇기에 하루는 자신의 존재감을 전달할 수 있을 만한 스킬들을 날렸다.

흑곰이 하피에게 시선이 쏠려서 하피는 맞고만 있었고 공격을 거의 하지 못했다.

그러나 하루 덕분에 드디어 흑곰에게서 풀려날 기회를 잡았다.

'어떻게 해야 하지?!'

하피는 하늘로 날아올랐다. 이대로 도망을 친다면 그만큼 안전할 게 없다. 그런데 복수의 대상이었던 저놈이 신경 쓰였다.

네 발로 하루에게 뛰어든 흑곰은 몸통 박치기 후 거대한 손바닥과 손톱으로 후려치려 했지만 하루는 흑곰의 뒤로 이동했었다.

상하좌우를 돌아봤지만 뒤로 이동을 한 하루를 찾는데 꽤 시간이 걸렸다.

도망을 치며 하루가 흑곰을 공격하고 있는 중에 하피는 아직도 고민을 하고 있었고 이제 행동을 시작하려 했다.

'저놈을 잡으면 새끼들의 먹이를…! 도망치면 새끼들
에게 부끄러운 어미다!'

하피가 날개를 활짝 펼쳤다. 원래 주 공격인 깃털 날리
기였다.

깃털을 사용하면 비행 속도가 조금씩 감소하는 특징이
있었지만 얼마 후면 또 자라는 것이기에 상관없었다.

'앞으로 더 조심해야겠다.'

처음 흑곰을 발견했을 때만 해도 운이 좋았다고 생각한
하피였다.

어린 곰이 어미를 빼놓고 왜 돌아다니나 했다. 바로 낚
아채서 자신의 새끼들을 먹여야겠다 생각했다.

그렇지만 발톱으로 몸을 건드리는 순간 커져버렸다. 북
어처럼 몸을 부풀린 것이었다.

[주인님, 하피가…….]

"옳지. 그래야지."

하피와 합심해서 하루는 흑곰을 공격했다. 페나토스에
얼음을 인첸트해서 때리니 흑곰의 속도도 느려지고 있
었다.

거기서 속박과 하피의 깃털들, 계속해서 블링크를 쓰며
깔짝대며 때리는 하루를 한 대 쳐보지도 못해서 약이 많
이 오를 것이다.

하루의 마나가 계속 줄어들긴 했지만 계속 차올랐다.

이제 전투에 재미를 붙였고 장비 덕에 걱정할 필요가 거의 없었다.

크ー으어어어! 크허엉!

흑곰이 쓰러져갔다. 그 질기던 가죽에 구멍이 뚫렸다. 사실 하루가 계속 한곳만 집중 공격을 했기 때문이었다.

결국 체력을 전부 소진해서 흑곰이 죽은 뒤 하피가 내려와서 콕, 콕 발로 찍어서 잘 죽었나 확인을 했다.

하루는 자칫하면 또 기절을 할 뻔했다. 피한다고 피했는데 흑곰의 공격에 피해를 입은 것이다.

하피는 뒤에 서 있는 하루를 보더니 다시 뒤돌아서서 꼼지락 꼼지락 뭔가를 했다.

[주인님. 설마 저 하피가 공격하려는 건…….]

"아닐 거야. 그럴 거면 진작 공격했지."

스윽ー 하피가 뭔가를 내밀었다. 자세히 보니 발톱이었다. 하피가 자신의 소중한 발톱을 뽑아 준 것이었다.

하피의 발톱

하피들은 고마운 사람에게 직접 자신의 발톱을 뽑아서 준다는 말이 있다.

사냥에 꼭 필요하고 생명과도 같은 발톱이다. 수많을 통해 길러진 이 발톱은 제련시 많은 능력치를 강화해 준다.

피리로 만들면 하피들과 교감을 하고 많은 도움을 받을 수 있다는 전설이 있다.

 옵션을 확인한 하루는 웃으며 하피를 바라봤다. 피리로
만들기엔 발톱이 부족했다.
 사람은 원래 이익대로 움직이는 법, 하피가 흑곰을 잡
아 날려 했다. 흑곰이 그냥 간다면 아이템 따위는 나오지
않는다.
 [주인님?]
 "미안하다. 하피야……."
 채령이 하루에게서 나오는 왠지 모를 음산함에 놀라서
쳐다봤다.
 하루는 날아오르려던 하피를 속박으로 날개를 잡아 바
닥으로 추락하게 했다.
 그리고 바로 하피의 몸에 토네이도─버스트를 시전했
다.
 하피 체력이 떨어질 때까지 떨어진 것을 안 하루였기에
무리해서 더 공격을 하진 않았다.
 "후음……."
 하루는 하피가 사라지기 전에 비팅 스피어로 발톱을 찔
러 뽑아냈다.
 다소 잔인한 모습이었지만 계속 마법으로 사냥을 하고
몬스터들을 죽여 온 하루에게 남아 있을 비위는 거의 없

었다.

발톱을 전부 **빼내자** 하피와 흑곰의 시체가 연기처럼 사라지며 아이템들이 떨어졌다. 두 마리 토끼를 다 잡은 것이었다.

"내가… 너무 나쁜가? 채령아."

[아니요. 몬스터잖아요. 또 사람 공격하면 어떡해요.]

채령은 전혀 아니라고 말은 했지만 약간 사악한 구석이 하루에게 있다는 것은 깨달았다.

흑곰과 싸우고 있던 하피를 도와 하피의 신임을 얻고 그걸 이용해 흑곰을 잡은 뒤 하피를 공격, 사악하지 않을 수가 없었다.

흑곰이 사라지고 보인 것은 구멍 뚫린 흑곰의 질긴 가죽과 검은색 건틀릿이었다.

곰 발바닥

엄청난 힘을 지니고 있는 흑곰의 가죽으로 만든 건틀릿이다.

흑곰의 가장 많은 체중이 실리는 발바닥과 같은 모양으로 만들어져서 더욱 큰 힘을 낸다.

흑곰과 같은 종족을 만난다면 버서커 상태로 공격해 올 수 있다.

공격력 : 320〜389

힘 : +5   **민첩성** : +5
스킬 '스트롱 베이비' 일주일에 한 번 사용가능.

스트롱 베이비
순간 본래의 힘 4배를 낼 수 있다. 단, 한 번 사용하면 사용한 부위의 고통이 심하다.

"오… 괜찮은 것 같은데. 이것도."
곰 발바닥의 공격력이 하루의 페나토스와 비슷했다. 엄청나다는 뜻이었다.
아쉽게도 하피에게선 발톱을 얻어선지 다른 아이템은 떨어져 있지 않았다.
[주인님. 저기 뭔가 있는데요.]
채령이 가리킨 곳에는 빨간색 구슬 같은 게 있었다. 하루가 집으니 귓가에 알림음이 들려왔다.
―죽어라. 인간노옴……!
빨간색 구슬의 정체는 하피의 피눈물이었다. 알림음과 함께 놀라서 피눈물을 놓으니 하루의 파이어―버스터와 비슷한 소리를 내며 터져버렸다.
그와 힘께 지진이라도 난 듯 땅이 울리고 지반이 아래로 꺼졌다. 그리고 하루 위 귓가에 다시 한 번 알림음이 들렸다.

―던전 '데스 나이트의 무덤'에 입장하셨습니다.

'언데드……?!'

왠지 포스 넘치는 이름, 데스 나이트였지만 데스 나이트는 언데드. 혹여 정보라도 얻을 수 있나 하루는 떨어지며 기뻐했다.

새까만 어둠! 역시 칠흑의 기사라고 불리는 데스 나이트의 무덤 분위기가 물씬 풍겨왔다.

컨트롤로 자연스레 주변을 밝혀서 시야를 확보했다. 분명 많은 언데드 몬스터가 나올 것이다.

하루는 언제든 페나토스에 인첸트를 할 준비가 되어 있다.

창은 어디까지나 근접 공격에 대처하기 위한 수단이었기에 되도록 마법을 쓸 예정이었다. 그 방법이 편했고 데미지가 더 강했다.

철그덕, 철그덕.

왠지 뼈가 서로 부딪히는 듯한 소리가 들려왔다. 그린벨트의 지하는 동굴처럼 생겼기에 멀리서도 들릴 수가 있었다.

채령은 몸을 떨었다. 프로스트 좀비에게 흡수되었던 기억이 생각나는지 힘든 기색이었다.

"괜찮아?"

[아… 네. 주인님. 그냥 가면 안 될까요. 아까처럼 그 순

간이동으로…….]

"안 돼. 리치 놈이 있는 곳… 알아내야 돼. 혹시 이곳에 그 단서가 있을 수 있어."

물론 채령의 말대로 블링크로 밖으로 나갈 수 있었다. 하지만 그러지 않았다.

하다못해 짜잘한 단서라도 건져야 하는데 짜잘한 단서는커녕 다른 일들 때문에 신경도 못 썼다.

하루가 고개를 흔들며 채령에게 말을 하고 있는 도중 소리의 근원이었던 몬스터가 눈에 들어왔다.

충직한 스켈레톤

머리 위에 뜬 이름을 보고 좀 놀랐다. 지능이 없고 뇌도 보이지 않은 뼈만 가득하기만 한 스켈레톤이 충직하다니 말이 안 됐다.

채령은 멀찌감치 도망을 쳤다. 아무래도 가진 능력이 없었으니 그냥 빠져 있는 게 좋았고, 혹시 예전의 프로스트 좀비와 같은 몬스터가 있을 수 있어서 조심하는 것이었다.

"컨트롤—"

하루는 마나로 지영이 쓰던 채찍과 같이 만들어 스켈레톤을 후려쳤다.

약간 녹슨 것 같은 뼈에 머리엔 녹슨 헬멧을 삐딱하게 쓰고 있던 스켈레톤은 힘없이 뼈가 분리되었다.

"…너무 약한데?"

좀 전에 흑곰이나 하피를 상대해서 인지 스켈레톤은 그냥 먼지였다. 먼지 같이 후 불면 날아갈 듯한 몬스터였다.

스켈레톤이 사라지고 남은 것은 잡템 중의 잡템인 스켈레톤의 녹슨 뼈다귀, 하루는 인벤토리에 던져놓고 계속 이 동굴을 따라 걸으려 했다.

―이하루 님의 펫 '말랑이'가 사망하였습니다. 48시간 후 재소환이 가능합니다.

말랑이가 사망했다?! 분명 이건 지영에게 무슨 일이 생긴 것이었다. 그리고 아선도 무사할지 그렇지 않을지는 몰랐다.

셋이 있는데 말랑이가 당할 정도라면 분명 그만큼 강할 상대일 것이다.

채령은 하루가 걷다 말고 가만히 서서 눈알을 불안하고 돌리는 것을 보고 무슨 일 있나 생각했다.

채령이 뭐라 말을 꺼내기 전에 하루가 먼저 입을 열었다.

"빨리. 빨리 클리어하고 나가야겠다."

당장이라도 지영이 있던 곳으로 가보고 싶었다. 그러나

하루에게는 이곳도 중요했다.

그렇기에 지금 앞으로 나아가면서 제발 단서라도 있길 바랐다.

하루는 블링크를 써가며 이동을 했고 나오는 몬스터, 스켈레톤과 스켈레톤 전사, 스켈레톤 궁수, 어쌔신 등 간단히 처리하며 이동을 했다.

마치 랩 100이 넘어가는 유저가 20짜리 몬스터를 잡는 것 같았다.

이름 앞에 '강화된'이라는 수식어가 더 붙은 스켈레톤이 나왔지만 마찬가지였다.

끝쯤 다다른 것 같은 느낌이 들자 절단면이 매끄럽고 약간의 중세풍 장식이 있는 공터 비슷한 곳이 보였다.

갑옷과 부츠, 장갑, 검 등이 바닥에 널브러져 있었지만 하루는 그것이 데스 나이트라는 것을 바로 알 수가 있었다.

하루와 채령이 발을 들여 놓자 장비들이 검은 구체들에게 뭉쳐지며 점점 줄곧 생각해왔던 그 이미지와 같은 형태를 갖춰 갔다.

―죽음 앞에서 검을 휘둘렀던 소드 마스터, '데스 나이트 가으하네'가 등장하였습니다.

―데스 나이트 가으하네의 위압감에 이동 속도가 40% 하락합니다. 체력 회복 속도가 현저히 줄어듭니다.

차악— 차악—

데스 나이트의 모습은 그야말로 칠흑, 그러나 아름다웠다.

풍겨오는 포스가 남자들이 허세를 부릴 때 딱 흘러나오면 좋았을 만한 포스였다.

"검의 끝을 본 적이 있느냐."

하루는 고개를 도리질 쳤다. 상대는 소드 마스터란다. 흔하디흔한 것이 아니라 정말 검의 정점에 올라야만 가질 수 있다는 칭호였다. 가으하네는 기다렸다는 듯 다음 대사를 이어갔다.

"검은 아름답고 부드럽고… 강하지. 아주 강해. 한 번 보고 싶으냐."

"보고 싶지 않은데…….."

빨리 처리하기 위해 마법을 날릴 수도 있었지만 상대가 먼저 말을 걸어와서 단서도 찾을 수 있을 기회였다.

중년 남성의 목소리로 꽤나 느끼하게 말을 한 가으하네는 하루의 말에 당황을 했는지 다시 물었다.

"보고 싶지 않은데… 혹시 그대를 그렇게 만든 리치… 혹시 아십니까?"

"나는 수백 년간 이곳에 잠들어져 있었다. 그러던 중 누군가 나를 깨웠지. 그대가 말하는 리치라는 녀석, 그러고 보니 자네의 기운과 비슷한 점도 있군. 그 리치는 나를 되살리며 조종하려 했지만 난 소드 마스터다. 그런 놈이 나를 조종할 수 없지!"

하루는 두 눈을 반짝이며 들었다. 드디어 뭔가를 아는 언데드를 만난 것이다.

그냥 죽일 수는 없었다. 약간 수다쟁이 같은 기질이 있는 가으하네였지만 하루는 그 말들을 경청했다. 아니, 하려 했다.

"그놈 얼굴을 보면 어떤 놈인지 내가 딱 알 수 있지."

"…어디 있는지는……?"

"모른다. 그런 놈의 위치까… 어디 가!"

"채령아. 더 있을 필요 없다. 그냥 가야겠네."

하루는 그냥 돌아섰다. 어쩐지 던전이 너무 쉽더라니 이런 뒤통수가 있을 줄은 몰랐다.

그리고 소드 마스터와 싸운다면 질지도 모른다. 장비가 있었지만 솔직히 가으하네의 장비가 더욱 좋아 보였다.

"저… 나, 날 좀 데려가지?!"

하루는 저게 뭐 뻘 소린가 데스 나이트를 돌아봤다. 그냥 공격을 할 줄 알았는데 데려가 달라니, 어이가 없었다.

─데스 나이트 가으하네가 이하루 님의 가디언이 되길 원합니다. 허락하시겠습니까?

말랑이가 펫이 되었을 때랑 비슷했다. 그런데 가디언,

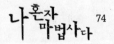

즉 하루의 수호자가 된다는 뜻이었다.

가으하네가 가디언이 되면 좋았다. 먹는 것 걱정 없지, 뭘 입힐 필요도 없지, 강하지. 뭐 하나 빠지는 게 없었지만 가으하네가 가디언이 된다면 왠지 막 잔소리를 해댈 것 같은 느낌이 들었다.

'그렇지만. 필요할 때만 소환을… 할까? 소환, 해제 정도는 할 수 있겠지.'

"허락한다."

─데스 나이트 가으하네가 이하루 님의 가디언이 되었습니다.

─가디언은 이하루 님의 수호자입니다. 항상 옆을 따라다니며, 떨어지더라도 옆으로 소환이 됩니다.

─가디언의 상태를 볼 수 없습니다. 다만, 가디언보다 강해지면 가디언 상태창이 생성됩니다.

"잘 부탁한다. 나는 가으하네라고 한다. 옆의 혼령은… 바람직한 여성의 신체를 지녔군. 아쉽게도 이승의 사람이 아니지만."

가으하네는 허허허 웃으며 하루의 등을 두들겼다. 말이 많은 것 같은 가으하네를 항상 옆에 끼고 다녀야 한다니 충격이었다.

"…망했네."

하루는 눈을 감았다 뜨며 어쩔 수 없으니 포기했다. 바

로 던전 클리어 음성이 들려오고 하루와 채령, 가으하네
는 빛에 휩싸여 이 던전, 동굴 밖으로 이동됐다.
　이제 지영과 아선을 구하러 갈 차례였다. 그리고 말랑
이를 그렇게 만든 복수도 해야 했다.

　"똑바로 말해. 여기가 맞아? 이런 곳에……?!"
　[세롬. 그냥 들어가야 할 것 같은데.]
　"벌레… 벌레는…….."
　지영과 아선은 그린벨트 지역 앞에서 더 이상 앞으로
나아가지 못하고 있었다. 세롬이 벌레를 무서워하고 두
려워하는 것이었다.
　말랑이는 같이 끌려오다 피가 멈추지 않아서 결국 체력
저하로 죽었다.
　지영이 닭똥 같은 눈물을 흘렸지만 세롬은 별거 아니
라는 듯 대수롭지 않게 넘겼고 아선은 그저 이를 악 물고
있을 뿐이었다.
　세롬의 어깨에 앉아 있는 니달이 한숨을 쉬며 빨리 좀
들어가자고 재촉을 했지만 역시나 머뭇머뭇거렸다.
　'하루야… 이런 곳에서… 무사는 한 거야?'
　지영도 그린벨트는 알고 있었다. 개발이 제한된 구역,

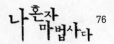

몬스터가 득실거릴 것이다.

세롬, 이 아이는 강하다. 얼마나 강한지는 모르지만 하루와 필적할 정도는 될 것 같았다.

왜 여기까지 안내를 했는지, 지영은 자신이 원망스러웠지만 살아야 했다. 살아서 하루의 얼굴을 계속 봐야만 했다.

'살아 있어라. 그리고 세롬이라는 년도…….'

분하고 분했다. 왜 이런 여자쯤 이길 힘이 없지? 복수도 제대로 하지 못하는 자신이, 계속 하루의 도움만 받는 자신이 너무나 분했다.

"그래. 잡아오랬어. 아빠가… 시, 시켰으니까."

세롬이 두려운 발걸음을 내딛었다. 온갖 곤충들의 소리와 후덥지근해서 몸에 쫙쫙 옷이 달라붙기 시작했다. 저절로 짜증이 나는 생태계였다.

유한정과 조준호는 돌고래들의 말을 경청해서 들었다.

이야기를 들어 보자면, 원래 돌고래들은 이 지역에서 지냈다고 한다.

그리고 갑자기 나타난 해마 녀석을 포함해서 커다란 문어가 나타났다고 했다.

처음엔 자신들과 크기가 같았지만 주변에 있는 물고기란 물고기는 거의 다 잡아먹고 덩치가 커졌다 한다.

그 괴상한 놈을 같이 없애자는 말이었는데 유한정과 조준호는 듣자마자 그것이 크라켄이라는 것을 눈치챘다.

판타지 소설이나 게임 같은 곳에서 나오는 바다의 제왕급이었다.

그리고 또 알아낸 것이 있는데 아직 확신을 할 순 없었지만 몬스터가 다른 생명체를 처치하면 레벨이 오르는 것 같다는 결론이었다.

"크라켄. 그건 저희가 어떻게 할 수 없어요."

"엄청난 놈입니다. 그냥 개죽음을 당할 뿐."

둘은 당연히 거절을 했다. 지금은 안전이 최우선이었다. 도와준 것은 고마웠지만 해줄 수 있는 건 없다.

[안 돼요. 도와주셔야 합니다. 우리 아이들이…….]

[그놈한테 당했다고요! 간신히 저희는 살아남긴 했지만 그놈을!]

한마디로 도망치다가 느린 아이들만 공격을 당해서 사망했다는, 먹혔다는 뜻이었다.

복수심만 가지고 막무가내로 덤빌 순 없었다. 너무나도 위협적인 존재였다.

"이길 방법은 있습니다."

지능이 높은 돌고래들만 할 수 있고 몬스터를 포함, 모

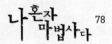

든 생명체가 게임화가 되었다는 가정 하에 할 수 있는 방법이었다.

조준호는 방법을 자세히 설명했다. 자세히라 했지만 간단했다.

"많은 생명체를 죽이고 강해져서 크라켄에게 복수를 하는 것. 상태창!이라고 외치면 창이 뜰 겁니다. 민첩성과 힘을 올리면, 그리고 덩치가 커진다면 충분히 크라켄을 상대할 수 있을 겁니다."

조준호의 말을 듣고 돌고래들이 깜짝 놀라는 것을 보니 상태창이라는 것이 보였나 보다.

직접 도와줄 순 없지만 이런 해결 방안을 제시해주는 것만으로도 고마웠다.

[그치만 저희를 도와주신다면 더 빨리…….]

[그리고 저희 사냥감들은 그 문어가…….]

"거기까지 저희가 도와줄 순 없습니다. 할 일이 있으니까."

조준호의 단호한 말과 유한정의 표정 때문에 더 도와달라고는 하지 못할 것이다.

돌고래들은 하는 수 없이 고개를 끄덕였다. 이곳에 있다는 돌고래 조각상이 피눈물을 흘리는 것도 그 이유 때문일 것이다.

아이를 잃은 슬픔, 유한정과 조준호는 그것을 알고 있

었다.

돌고래들이 바다 안쪽으로 사라지고 나서 던전을 클리어했다는 알림음이 들려왔다. 약간 싱거운 듯한 던전이었다.

물에 젖은 채 빛으로 휘감긴 유한정과 조준호가 나타난 곳은 처음에 들렸던 시골 마을이었다.

살아나왔다는 것에 유한정과 조준호는 쿨럭거리며 입안에 있던 물들을 뱉어내며 햇빛에 몸을 말렸다.

NO.3 때문에 마을 사람 대부분이 어디론가 피난을 간 후였기에 마을 안에 사람은 없었다.

그러나 그 괴물을 처치했다는 소식을 들으면 몇 십 년간 함께해왔던 집으로 바로 돌아올 것이었다.

"여기서 뭐하는 겨? 젊은 총각들이… 쯧쯔……."

"……?"

갑자기 구수한 할머니의 목소리가 들려왔다.

분명 NO.3를 잡으려 할 때, 주민들이 전부 대피했다고 말을 들었다.

그런데 이렇게 한가히 새참을 들고 가는 모습이라니?

유한정과 조준호는 당황해서 바로 몸을 일으켰다.

"할머니, 대피하신 거 아니에요? 그 있잖아요. 괴물 온다고!"

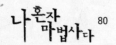

"이눔이! 내 집 두고 어딜 가~?! 귀찮게."

"어이~ 빨리 와!"

가까이 있는 밭에서 할아버지 둘이 손을 흔들며 할머니를 불렀다.

새참을 들고 그 손짓에 가던 할머니는 유한정과 조준호를 보고 배고프면 너희도 오든지라고 말하며 할아버지에게 갔다.

"대장. 뭐가 어떻게 된 거예요?"

"집을 놓고 간 게 아니지. 정부에서 거짓말을 한 거야. 싸우다 졌다면… 여기도 무사하지 못했어. 아니, 조금이라도 더 가서 싸웠다면……."

이 마을은 NO.3가 가는 길에 지나쳐 가야 하는 길이었다.

자칫하면 이 마을 어르신들이 전부 돌아가실 뻔했다는 말이었다.

"지금 새참 먹을 때가 아니야. 일단 대통령, 그 사람을 만나야겠다."

국회에서는 대통령도 참석하여 한정 공격대와 몬스터 관련 얘기를 하고 있었다.

"최 의원님, 그래서 하실 말씀이 뭡니까?"

"한정 공격대에 약속했던 일을 해주는 것입니다. 저희가 상의할 만한 게 아니라는 겁니다! 애초에 약속을 했으면 지켜야지. 이렇게 대책 회의를 할 문젯거리가 아니란 말입니다."

"전부 사망했습니다. 아니, 몇 살아남긴 했지만 행방이 묘연합니다. 요즘 저희 국방비로 얼마나 많은 자금이 나가는지 아십니까? 줄일 수 있을 때 조금이라도 줄여야 합니다!"

한정 공격대에게 약속한 금액들에 대한 안건이었다. 찬성과 반대가 있었다. 그러나 대통령의 말이 지금은 거의 절대적이었다. 그만큼 힘이 있었기에 모두 대통령의 말을 기다렸다.

"그들도 이해해줄 거예요. 우리 대한민국을 위해 몸을 받친 겁니다. 넘어가죠."

"넘어가요…? 가족들은요? 한 가정의 가장을 잃어버린 가족들은 뭐로 위로를 받는단 말입니까!"

"최 의원님! 언성을 낮추세요! 저희도 그러고 싶어서 그러는 게 아닙니다. 상황이 그런 겁니다. 상황이!"

허참, 최 의원은 어이없다는 냉소를 흘리고 국회를 박차고 나갔다.

더 이상 이런 사람 같지도 않은 사람들이랑 이야기를

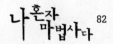

나누고 싶지 않다는 뜻이었다.

최 의원이 나감에도 회의는 계속되었다.

"자… 그럼 이번 안건은 몬스터라 불리는 생명체에 대해 대항할 수 있는 군대 양성입니다."

"군대요? 이미 있지 않습니까. 무슨 군대를 더……?"

"안 의원님은 총기가 몬스터에게 영향을 미치지 않는 걸 모르고 계십니까? 직접적으로 몬스터에게 대항할 수 있는 군대를 양성해야 합니다. 북한과 같이 암살이라든지 전투 훈련을 시켜서 양성해야 합니다."

"어디서 군대를… 이미 여러 곳에서 사람들이 사냥터라는 곳을 점령하고 있습니다. 그리고 정부를 무시하는 사람들이 대다수입니다. 죽을 판에 정부고 뭐고 없다며……."

"있어요. 그린벨트. 그곳이라면 충분해요. 이제… 징용도 해야 할 것입니다. 빨리 성장하려면요. 어차피 정부 없이는 나라가 돌아가질 않으니 말이에요."

대통령의 말에 고개를 끄덕이는 의원들이었다. 이미 이곳에 있는 의원들 중 90%가 대통령의 사람이었다. 그러니 대통령의 말이 거의 법이라는 말이 나돌았다.

이미 망가질 대로 망가진 정부였기에, 그걸 아는 국민들이 있기에 국민들은 정부 반대 시위라는 것도 활발히 하고 있었다.

"그린벨트… 알겠습니다. 그곳이라면 충분히 훈련을… 레벨을 빨리 올릴 수도 있겠습니다."

"그럼 부탁하겠어요."

회의가 끝날 때까지 인상 한 번 풀지 않던 대통령이 웃으며 만족스럽게 국회를 나갔다.

한편 군인들이 훈련할 장소, 그린벨트에서는 하루가 길을 헤매고 있었다.

"어떻게 길을 모를 수가… 여긴 어떻게 온 겁니까? 이하루 군."

"잡혀온 겁니다."

"지도라든지 그런 것도 없는 거요? 누굴 잡아서 길을 물어볼 이도 없고…….."

빛에 휩싸인 하루가 이동된 곳은 숲 한가운데, 그린벨트였다.

점점 지쳐가는 표정의 하루는 데스 나이트의 말에 단답만 했다.

기운을 빼가는 것의 정체가 바로 데스 나이트였다. 쉴새 없이 움직이는 입 때문에 소드 마스터 대신 주둥이 마스터가 왜 되지 않았나 이해가 되질 않았다.

벌써 몇 시간 째 헤매는 중이었다. 지영처럼 추적 스킬이 있었다면 어디로든 빠져나갈 수 있었을 텐데 그것조차 없었다.

채령이 하늘로 올라서 주변을 봤지만 너무 광활해서인지 숲밖에 보이지 않았다.

"안 되겠다. 블링크! 블링크!"

그냥 한쪽으로만 블링크를 써가며 전진을 할 생각이었다.

저절로 가으하네와 채령이 딸려 왔기에 아무 문제없었다.

그리고 가으하네가 있어서인지 풍겨 나오는 기운에 하루를 건드리려 나오는 몬스터는 없었다.

"으악!!"

[주인님. 왼쪽에서 들린 것 같은데요?]

갑자기 하루의 옆 부분에서 소리가 났다. 사람 소리였기에 혹시 하루 자신처럼 몬스터에게 잡혀왔나 생각했다. 빠르게 이동하는 그곳에는 익숙한 얼굴들이 있었다.

"벌레! 치워!"

쿠궁— 쿠궁—!

세롬이 커다란 타란튤라 같은 거미를 인형으로 마구 내려쳤다.

어지간히 싫은지 눈까지 감았다. 바닥이 움푹 파이고 나무 풀숲에서 뭔가 또 튀어나왔다.

"하… 하루야!"

"뭐하는 거야. 여긴 어떻게……."

지영과 하루의 목소리에 일단 벌레는 아니구나 안심한 세롬은 눈을 떴다.

하루는 세롬을 잠시 보고는 아선의 얼굴에 시선을 돌렸다.

피까지 흐르고 얼굴이 많이 부어올라 있었다. 낯선 사람, 그리고 이상한 인형. 이 여자아이가 아선의 얼굴을 저렇게 만들었다는 것을 직감적으로 알아챘다.

"네가… 그랬어? 말랑이도 죽이고……?"

"이하루… 맞아? 그 마법사라던."

"맞구나. 네가 그랬어. 너도 텐에이구나. 그치?"

스멀스멀 하루에게 분노가 차올랐다. 그러나 먼저 나선 것은 가으하네였다. 무서운 갑빠를 들이대며 검을 일자로 들어올렸다.

세롬은 그 모습에 귀엽다는 듯, 자기 인형이 더 세다는 듯 니달을 움직였다.

"그럼… 숨바꼭질할까? 재밌겠다."

김유정

가으하네가 검은색 금속으로 되어 있는 장검을 가볍게 한 손으로 잡았다.

저런 무지막지한 힘이 어디서 나올까 가으하네의 능력치를 보고 싶었지만 가으하네보다 레벨이 높지 않은 하루로선 볼 방법이 없었다.

"내가 지키는 자에게 해가 되는 존재는 죽인다."

푸른색 안광을 번뜩이는 가으하네의 기세와 함께 세롬도 많은 인형들을 꺼냈다.

웃고는 있었지만 세롬은 이렇게 무서운 사람… 아니, 몬스터인가 정령이라는 생물인가를 처음 봤다.

여러 곳에서 레벨을 올리며 많은 몬스터들을 보긴 했는데 앞에 있는 이 생명체는 잠시라도 실수를 한다면 목이 날아갈 것이었다.

"니달! 거대화—부분 강화. 시시한 인형극!"

말을 하던 토끼의 몸체가 커지며 팔다리가 길어지고 근육이 생겨났다.

세롬이 쓸 수 있는 스킬 중에 제일 강한 스킬이었다.

이 스킬을 쓰면 상태를 유지하기 위해서 더욱 집중을 해야 했기 때문에 다른 인형들에게 가는 관심들은 좀 사라졌지만 그만큼 값을 했다.

시시한 인형극은 상대방에게 무기력함을 심어주고 민첩성을 낮추며 반대로 세롬의 인형들은 빠르게 공격을 할 수 있게 해주는 스킬이었다.

세롬의 선공으로 하루가 허락하지 않은 가으하네와 세롬의 싸움이 시작됐고, 지영과 아선은 어떻게 움직일 수도 없어서 가만히 지켜볼 뿐이었다.

"쓰레기 같은 실력으로 감히 나, 가으하네의 앞에 서다니… 죽어라."

니달이 가으하네에게 일격을 가하려 할 때 휘두른 가으하네의 검이 궤적을 그리며 허공을 갈랐다.

눈치를 챈 세롬이 재빨리 니달을 뒤로 뺐다. 거리는 확실했고 이 정도는 눈 감고도 피할 수 있을 것 같다는 생

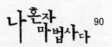

각이었다.

서걱―거리는 소리와 함께 니달의 몸통 부분에서 솜털이 뛰어나왔다.

아무리 인형이라도 고통은 느끼는 듯 신음 소리를 내며 뒤로 물러났다.

니달과 함께 가으하네에게 공격을 시도했던 인형들도 가으하네가 몇 번 검을 휘두르자 전부 축 쳐져버렸다.

"어떻게……!"

세롬은 놀라서 가으하네를 자세히 쳐다봤다. 거리 계산을 잘 하지 못한 것이 아니었다.

가으하네의 검은 휘두르기 전보다 거대하고 길어져 있었다.

소드 마스터의 완성된 오러가 세롬이 공격을 피하지 못한 이유에 대한 답이었다.

"아직도 두 눈을 뜨고 있다면 안 되지."

원래 세롬까지 베어버리려 했으나 많은 양의 인형들이 희생하며 간신히 세롬을 지켰다.

가으하네의 말이 끝나고 좀 떨어져 있음에도 가으하네는 검을 횡으로 그어버렸다.

설마 또 오러 블레이드인가 해서 뒤로 쭈욱 빠졌지만 평범한 공격이 아니었다.

긴 반달 모양으로 세롬과 인형들에게 쏘아져 가는 공격

이었다.

하루가 쓰는 바람 공격과 그 모양새가 비슷했다. 세롬은 딱 눈을 감았다. 이렇게 허무하게 죽는구나, 이미 알고 있었다.

가으하네는 그것에 행동을 그치지 않고 땅을 박찬 뒤 빠르게 이동했다.

살이 베이는 소리조차 들리지 않고 그냥 행동만 보일 뿐이었다.

가으하네가 이동을 한 후 곧바로 두 명의 몸에서 피가 터져 나왔다. 그리고 이어지는 하루의 목소리가 들렸다.

"뭐하는 짓이야! 멈춰!"

가으하네가 마무리를 하기 위해 검을 휘두르려다 갑자기 내민 하루의 손바닥에서부터 빠르게 날아오는 바람에 3미터 정도가 밀려났다.

"내… 내 동료야! 어째서……!"

"하으악… 하루야아…….."

"이하루우……!"

두 명의 정체는 지영과 아선이었다. 하루가 블링크로 빠르게 다가서 상처를 확인해 봤다. 꽤나 깊은 상처에 하필이면 치명타였다.

가으하네는 세롬이 죽었다는 것을 느끼고 검을 검집에 넣고 하루의 목소리에 지영과 아선을 쳐다보며 입을 열었다.

"내가 지키는 사람이 나와 같은 길을 걷게 할 수는 없다. 처리해야만 한다."

[무슨 말이야! 잘 알지도 못하면서 왜……!]

열 받은 채령이 나서서 가으하네에게 삿대질을 했다. 그 모습에 가으하네는 왜 이런 행동을 했는지 자세히 설명을 했다.

"저들은 아마 동료겠지. 어쩌다 떨어지게 되었고 저 인간에게 잡힌 후 내가 지키는 이하루, 이자를 잡으러 온 거겠지. 안내는 저 두 명이 맡은 것이고. 동료를 공격하려던 인간을 동료에게 데려갔다. 이유가 더 필요한가?"

[…….]

채령은 말이 없었다. 가으하네의 설명에 더 이상 할 말이 없는 것이다.

하지만 지영과 아선의 상태를 본 가으하네는 뒤돌아서 가만히 기다렸다.

'저대로 죽는다.'

"하루야… 이하루……."

아선이 피를 한 움큼씩 입 밖으로 쏟아내면서 하루를 불렀다.

하루의 손을 잡은 아선은 하루의 만류에도 불구하고 입을 열었다.

"내 손… 손바, 손바닥… 이름. 복수를 부탁… 내가 조…ㄱ…들도…… ."

아선의 손바닥에는 선혜를 강간했던 나머지 놈들의 이름이 쓰여 있었다. 잊지 않기 위해 계속 손에 쓰고 다녔던 것이다.

하루는 아선이 내민 손바닥을 보고 고개를 끄덕였다.

"알았어요. 복수도 가족도 다 해결할 테니까… 살아요. 살아야 돼요. 지영이… 너도……!"

혹시 살릴 수 있을까, 소설 같은 것을 보면 마력으로 치료하거나 할 수도 있는데 과연 그게 가능할까 하는 한 가닥 희망의 끈이 있었다.

하루는 컨트롤을 시전해 마나를 뽑아냈다. 그리고 상처 부위를 감싸는 듯한 모습을 하고 기다렸다.

제발 살 수 있게만 해달라고, 그러나 아무런 일도 일어나지 않았다.

"미안… 하루야… 큼……!"

고통스러움에도 지영은 하루에게 웃었다. 이 웃는 모습으로 하루의 기억에 남고 싶었다.

지영과 아선의 몸이 축 쳐질 때쯤 하루가 이대로 보낼 수는 없다며 빙결-빙하장막을 시전했다.

―사망한 대상에게는 빙결-빙하장막을 사용하실 수 없습니다.

"아니야… 아니야. 아직 안 죽었어! 안 죽었다고!!"

들려오는 알림음에 하루는 오열하며 바닥을 내리쳤다. 그리고 심폐소생술, 인공호흡 등으로 살리려는 시도를 했지만 둘 다 움직임은 없었다.

그렇게 무릎을 꿇고 하루는 한참을 울었다. 가으하네와 채령 둘 다 뭐라고 말을 붙일 수가 없었다.

시간이 지나고 마음을 추스른 하루는 이 자리에 지영과 아선을 위한 무덤을 만들기 시작했다. 가으하네도 말없이 돌을 나르며 하루를 도왔다.

주변에 인형들의 잔해와 세롬의 시신이 있었지만 하루는 신경 쓰지 않았다.

─주인님. 세롬 아가씨가… 당했습니다.

세롬이 죽고 난 후 바로 주인님에게 전화 한 통으로 그 소식이 전해졌다.

세롬은 ∀ 중에서도 강자였는데 당했다는 소식을 들었으니 놀라지 않을 수밖에 없었다.

탁자를 타닥타닥 불안하게 흔들며 주인님은 고민에 빠졌다.

"이하루. 엄청난 강자예요. 사람을 죽여보지도 못한 자

가… 세롬을 죽여? 아무리 능력이 강하다고는 하지만
요… 자칫 우리가 위태로워질 수가 있어요."

주인님은 비서를 불러들였다. 이제부터 ∀는 몸을 감
추고 힘과 세력을 키우는데 집중을 하겠다라는 이야기
를 했다.

"아직 쓸 만한 아이들이 있지만… 확실하지도 않은 승
률로 승부차기를 할 수는 없어요… 숨을 수밖에."

그 한 아이 때문에 가지고 있는 모든 패를 버릴 수는 없
었다.

표면적으로 드러나 있는 모든 ∀는 찾지 못하게 몸을
숨기는 것만이 지금으로써는 최선이었다.

꽤 여러 일을 진행하고 있던 라베도 쓸모없어지고 아끼
던 세롬도 잃었기에 조심할 필요가 있었다.

삐익―

주인님은 전화기의 4번을 눌러서 라베를 잡으러 간 놈
들은 복귀 중이냐고 물었다.

―죄송합니다. 그게… 아무라도 능력을 쓴 것 같습니
다. 지금 CCTV상으로 찾고는 있지만…….

"일 똑바로 안 해요?! 나참. 되는 일이 뭐 이런……!"

한 마디로 놓쳤다는 뜻이었다. 4번, 지원부서에서 커다
란 화면에 수백 개의 CCTV를 올려놓았지만 어디로 이
렇게 요리조리 빠져나가는지 라베의 모습이 보이질 않

았다.

주인님은 책상 위에 있던 물건들을 전부 쓸어서 바닥에 내팽겨 쳤다. 분노를 어떻게든 없애려고 노력하고 있는 것이었다.

"구 비서! 치워!"

하루는 그린벨트 지역에서 벗어나서 곧바로 라베를 찾아 나섰다.

정체를 드러냈었기 때문에 이미 많이 알려져 있었다. 어느 곳에서는 정령이라고 하는 사람도 있고 신이다 뭐다 하는 이들도 있었다.

특히 기자가 뿌린 전투 장면이 화제였다. 너무 큰 특종이었지만 회사에선 받아주지 않았다.

위에서부터 강한 압력이 작용한 것이었다. 그래서 인터넷에 뿌렸다.

너무나도 잘 되어 있어서 개개인이 퍼가서 공유하는 것 등등을 막을 수가 없었다.

이미 1위, 조작을 어느 정도 해도 검색어 순위에서 1위를 달성하고 있었다.

'마법사.'

유일한 마법사가 한국에 있다. 이 미친 세상을 구원해
줄 것이다.

다른 세계에서도 이런 사람이 있다는 것은 들어보지 못
했다.

이것이 지금 SNS와 막는다고 막았던 기사에 실려 있는
내용이었다.

팬클럽까지 생기고 광신도들도 생겨났다. 웬만한 연예
인… 아니, 모든 연예인보다 Hot한 것이 바로 지금의 상
황이었다.

도시에 온 하루가 당황하는 것은 당연지사, 제대로 돌
아다닐 수가 없었지만 한 가지는 쓸 만했다.

"라베. 한국말 자~알 하는 외국인. 당장 내 앞에 나타
나라. 턴에이도."

하루가 도시에 내려와서 뱉은 이 말은 전국으로 퍼졌
다.

그리고 사람들은 도대체 라베가 뭐하는 사람인지 궁금
증에 찾기 시작했다.

그러나 그 어디에서도 라베의 모습은 보이지 않았다.
∀라는 것도 다방면으로 알아봤지만 어디에서도 소식을
접할 수가 없었다.

"저거 뭐야. 몬스터 아니야?"

"테이머라도 되나? 펫? 마법사가 저런 것도 돼……?"

말없이 하루의 뒤를 따르는 가으하네, 풍겨오는 기분 나쁜 기운에 사람들이 하루에게 다가가는 것을 꺼리고 있었다.

 그래도 하루에게 다가가는 광신도나 팬들은 있었지만 그때마다 가으하네는 한 번씩 검집에서 검을 꺼낼 뿐이었다.

 "우리 집이 있는 마을… 오랜만에 오네. 지영… 아, 미안."

 [아니에요…….]

 하루는 익숙한 풍경을 둘러봤다. 20년 동안 살던 마을이었다. 집이 있고 여기서 학교를 나왔다.

 하루의 옆에는 지영이 있다. 긴 생머리에 잘 빠진 몸매, 상처는 하루가 스펙터의 천으로 잘 막아서 묶었다.

 죽었던 지영이 살아왔다? 아니었다. 겉은 분명 지영의 모습이었지만 속은, 영혼은 채령이었다.

 [주인님. 저도 도움이 되고 싶어요. 뭐든 되고 싶으니까. 그러니까… 지영 언니… 몸은 제가 소중히 할게요.]

 "…무슨 말이야."

 하루는 채령을 보며 반문했다. 워느호니아의 망토에 깃들어 있던 채령이 설마 지영의 몸에도 깃들 수 있나?

 빙의, 육체를 잠시 빼앗는 것이었다. 그렇지만 그 육체에 다른 영혼이 없다면 그 육체는 영원히 빙의한 영혼의 것이었다.

 채령은 꾸벅 하루에게 잠시 고개를 숙이더니 지영을 묻었던 돌무덤 사이로 들어갔다.

 그리고 돌무덤이 들썩이기 시작하고 지영이 살아 돌아왔다.

 정확히 말하면 채령이 지영의 몸에 속한 것이지만 말이다.

 ─이하루 님의 펫 '채령'이 '서지영'의 육체를 장악했습니다.

 ─이하루 님의 펫 '채령'이 '서지영'의 스킬과 인벤토리를 사용할 수 있습니다.

 "지영… 지영아……."

 하루는 눈물을 뚝뚝 다시 한 번 흘리며 살아나온 지영을 꽉 안았다.

 상처가 있었지만 채령이 지영의 육체에 들어가면서 체력이 풀로 찼고 상처도 어느 정도 치유가 되었다.

 "주인님… 상처……."

 지영에게 떨어진 후 지영의 상처 부위를 급히 스펙터의 천으로 묶은 것이다.

 그래서 지금 하루가 살던 지역에 지영의 육체가 있는 것이었다.

 "채령, 이제 우리가 도망치는 것은 하지 않아도 될 것

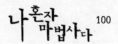

같다."

여전히 가으하네와는 일체 대화도 하지 않고 채령만 쳐다봤다. 가으하네도 아직은 그 수다스러운 입을 닫고 있었다.

초록색 나무들이 줄지어 있고 그 옆에 환상 게임 바이러슨지 뭔지 상관없이 인벤토리라는 기능만을 쓸모 있게 쓰고 살아가는 상인들의 가게들이 줄지어 있었고, 인테리어가 훌륭한 커피숍들도 많이 있다.

"이하…루? 하루야……?"

하루의 옆에 의문의 여자가 놀란 표정과 슬픈 표정이 섞인 미묘한 얼굴로 다가왔다. 가으하네가 검을 뽑으려 했지만 이내 집어넣었다.

"김유정."

"우리 얘기 좀 할까……?"

김유정, 고등학교 때 3년 연속으로 같은 반 여학생이었던 친구였다.

꽤나 친하긴 했는데 그 일이 생긴 이후 핸드폰도 없애고 모든 친구들과 연락을 끊었다.

"할 얘기 없는데."

"아니, 오해 좀 풀어야겠어. 그때 그렇게 가고 나서…한 번도 못 봤잖아. 우리가 그런 게 아니야!"

하루는 냉정하게 대답했지만 울먹이며 말을 하는 유정

이의 표정에 괜스레 맘이 약해졌다.

턴에이에게 쫓기게 된 것이 친구들 때문이라고 생각하고 지내왔다.

학창 시절을 같이 보내고 노래방도 가고 놀러도 가고 수학여행도 같이 몇 번이나 가고 피씨방에서 밤새 놀고 학교에서 자기도 하고, 그런 친구들에게 배신을 받았다는 것이 충격이었다.

"말… 한 번 들어보자. 채…령아. 좀 떨어져서 앉아 있어."

"네, 주인님."

"주이…ㄴ…님?"

하루는 가까운 커피숍에 들어갔다. 여전히 인파가 몰렸지만 가으하네가 막고 있었다.

창문에서 떨어진 곳, 밖에선 보이지 않는 곳에 앉은 하루는 푹신한 의자에 기분이 한결 괜찮아졌다.

그에 반해 채령이 하는 주인님이라는 말에 하루가 원래 그런 애가 아니었는데 라고 생각하며 자리에 앉았다.

유정은 치마를 입고 있었기에 자리에 있던 쿠션을 허벅지 위에 올렸다.

매끈한 다리에 원래 고등학생 때부터 발육이 남달라서 커다란 산 두 개가 눈에 띄었다.

채령과 비교해도 외모에는 부족한 것이 그다지 없었다.

"하루. 많이 변한 것 같네. 전엔 그냥 순진한 것만 같았는데."

"그런 일이 있었는데 변할 수도 있지."

"그때… 우리가 그런 게 아니야. 너도 알잖아. 우리들 우정이 어느 정돈데."

하루와 하루 친구들의 우정은 꽤나 상위 클래스였다. 친구들 중 한 명의 어려운 가정 형편을 눈치채고 있던 하루를 포함한 친구들은 새벽 알바를 불법적으로 해서라도 보태줬다.

물론 그 친구는 받으려 하지 않았지만 결국엔 받고 고마워했다.

다른 학교 친구와 시비가 붙으면 다 같이 가서 복수도 해주고, 다 같이 맞고 왔지만…….

'의리는 있었지.'

"내 이능력에… 너희들 중 누군가……."

"야 이 멍청아! 네가 여기저기 자랑질하고 다녔잖아. 신기하다고! 멍청이. 바보."

유정이 입술을 꽉 깨물며 하루를 쳐다봤다. 유정의 말이 맞을 수도 있었다.

환상 게임 바이러스라고 정부에서 발표를 한 뒤 모인 하루와 하루 친구들은 이능력들에 대해 신기해하고 얘기를 나눴고 그중 마나를 가진 하루를 부러워했다.

기분이 좋은 하루는 그 뒤로 여기저기 다니며 마법을 쓰고 사냥도 했다.

'내가 그 상황에서 도피하려고 친구들을 썼…어…? 친구들… 이유가 필요했어. 엄마… 나 때문이 아니야. 나 때문이…….'

어디서든 마음먹고 볼 수 있으면 보고 관찰할 수가 있었다.

친구들 때문이 아니었다. 그저 어떤 이유가 필요했을 뿐이었다.

"하…….."

"사실 너도 알고 있잖아. 멍청이. 그동안 어떻게 된 거야. 네 그 불알친구 놈들도 놀라더라. 인터넷에 무슨 네 얘기뿐이야."

"한 번 다 같이 만나야겠네."

유정의 성격은 약간 사내 같은 면이 없잖아 있다. 그래서인지 남자 애들과 자주 섞여서 잘 놀았다.

약간 야한 장난이나 말도 잘해서 다른 여학생들에게 이상한 소문이 돌고 여학생들과의 거리가 좀 멀었지만 유정은 개의치 않았다.

"이건… 내 번호. 핸드폰 다시 만들어라. 내가 얼마나 기다렸는데… 너. 안 그러면 집에 찾아간다. 만들어도 간다. 난 약속 있어서."

유정은 포스트잇에 자신의 번호를 쓰고 자리에서 일어났다.

　오랜만인지 약간 어색한 기운이 있었지만 왠지 기뻤다. 기다리는 사람이 있다는 것 때문이었다.

　유정이 가고 나서 하루도 일어섰다. 이제 비워뒀던 하루와 하루 엄마의 보금자리였던 집으로 돌아갈 때였다.

　유한정과 조준호는 초췌한 모습으로 청와대 앞에 섰다.

　몇몇 시위하는 사람들이 보인다. 지금 환상 바이러스에 대한 문제를 해결해 달라, 정부가 하는 게 무엇이냐, 대통령은 당장 사퇴하라 등 불신과 피해에 관한 이야기였다.

　여러 사람들 때문에 청와대를 지키는 경호원들이 많이 배치가 되어 있었다.

　무표정한 모습으로 무장한 뒤 가까이 오는 자들은 거침없이 폭행했다.

　"…심각한 수준이야."

　"일단 들어가야죠. 저희들과는 무관한 사람입니다……."

유한정과 조준호가 정문으로 들어가려 할 때 황당한 표
정으로 경호원 한 명이 막아섰다.

"못 들어가십니다."

"저희는 한정 공격대입니다. 보고하면 들여보내라 할
거요."

경호원은 다른 경호원들과 눈짓을 하더니 연락을 취해
보지도 않고 고개를 도리질하며 유한정을 밀쳤다.

유한정은 뭐하는 짓이냐며 얼굴을 들이댔지만 경호원
은 물러서지 않았다.

조준호가 지금 이게 무슨 상황인가 생각하며 주위를 둘
러봤다.

이상하게 자신들의 주변에만 경호원들이 많이 배치되
어 있고 언제든 공격할 수 있는 자세였다.

'설마… 그런 끔찍한 짓을 생각하려는 것은 아니겠지.'

"아니. 연락을 해보라고. 대통령 나오라고 연락해! 내
가 직접 들어간다는데!"

유한정은 흥분해서 대검을 뽑아들었다. 분명 자신들의
얼굴을 알고 있을 테고 어디선가는 찾고 있을 줄 알았다.

시신들은 전부 어딘가에 잘 안치되어 있고 기다리고 있
을 줄 알았다.

대접이 영 아니다. 이건 분명 뭔가 이상하다 싶었다.

철컥. 철컥.

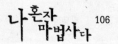

106

대검을 뽑아든 상태에서부터 일촉즉발의 상태였다. 조준호도 긴장했다.

본래 성격대로라면 공격을 하고도 남았다. 말릴 새도 없이 말이다.

경호원들의 행동이 더 빨랐다. 모두 금속 소리를 내며 총을 꺼내들었다. 전부 어디 있었는지 손에는 권총이 들려 있었다.

"개 같은 놈들……."

"안 돼요. 일단 물러서요!"

조준호가 대검을 들고 있는 유한정에게 다가가 재빨리 제지를 했다. 부들부들 참고 있는 것이 조준호의 팔뚝까지 전해졌다.

지금 이 상태에서 한 번이라도 경호원에게 공격을 감행했다면 둘은 분명 벌집이 되어 있었을 것이다.

조준호는 조용히 유한정의 귓가에 말을 했다.

"아무래도 일이… 잘못된 것 같아요. 일단 살아남은 다른 대원들을 찾아보고. 그 다음에 다시 와도 됩니다."

유한정은 대검을 인벤토리로 없애버렸다. 경호원들도 그 모습에 권총을 품속으로 집어넣었지만 뭔가 아쉽다는 표정이 가득했다.

"만나주지도 않겠다…? 내가 있는 한 두 발 뻗고는 못 자게 해주겠어."

으득.

이가 갈렸다. 만나주지 않는 것은 상관없지만 자신들의 동료에게 약속했던 것들을 해주지 않는다면 그땐 권총이고 뭐고 없었다. 아주 제대로 미쳐버릴 수도 있었다.

유한정과 조준호는 울분을 삼키며 시위를 하는 사람들의 틈으로 걸어가고, 곧장 대원들 중 제일 이곳에서 가까운 곳으로 향했다.

둘의 모습이 워낙 더러웠기 때문에 가까운 목욕탕에서 씻고 검은색 정장 한 벌 사 입고 가는 것을 잊지 않았다.

띵똥—

"아빠아아아~"

벌컥 문이 열리고 초등학생 정도 되어 보이는 어린 여자아이가 유한정의 얼굴을 보더니 바로 울상이 되어버렸다.

뒤에선 그 여자 아이의 엄마가 걸어왔다. 유한정과 조준호를 보니 역시나 그럴 줄 알았다는 표정으로 여자아이와 같은 표정이 됐다.

"들어… 오시겠어요."

둘이 찾은 이 집은 대원 '유희철'의 집이었다. 유한정과도 꽤 가까운 사이였는데 분명 비행기를 타고 있을 때까지만 해도 살아 있었다.

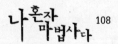

가족은 아내와 딸이 있는 알콩달콩한 가정이었다. 그러나 지금 가족들의 행동을 봐선 유희철이 살아 있다고 생각하긴 글렀다.

"죄송합니다. 제수씨, 희철이… 아무래도."

"아무래도…요? 그럼 행방불명이라도 된 건가요?"

"저희도 가까스로 살아온 것이기 때문에… 자세한 건 조사를 해봐야 할 것 같습니다."

유희철의 부인은 고개를 끄덕이며 약간의 눈물을 보였다.

미안하다는 것 말고는 그 어떤 것도 말로 해줄 수가 없었다.

헬기를 타고 가다가 우리 둘만 뛰어내렸다. 음모가 분명히 있다라고 말을 하고 싶었지만 그렇게까지 말을 하면 더 슬플 뿐이고 위험하게 될 수도 있었다.

"혹시… 통장으로 뭐 들어온 건 없나요. 생활비라던가……."

"전혀요. 안 그래도 애 급식비랑 학원… 보내야 하는데……."

유한정의 손이 미세하게 떨렸다. 여기서 열을 내고 화를 낼 수는 없었다.

약속까지 지키지 않겠다는 건가, 그리고 모든 대원들은 행방불명 상태… 아니면 전부 사살했을 수도 있다.

"제가 어떻게든 마련해서… 후. 죄송합니다."

조준호도 같이 고개를 숙였다.

어떻게 보면 억지로 어쩔 수 없이 따라가게 된 것이다. 그 결정을 한 것은 유한정이었고 말이다.

어떻게 사죄를 하던 유한정은 유가족들에게 나쁜 놈이었다. 가족을 앗아간 놈이었다.

"그 새끼들… 반드시, 대통령 죽인다."

유희철의 집에서 나온 유한정은 땅바닥에 발을 찍어대며 울분을 토해냈다.

그에 반해 조준호는 침착했다. 원래 그 성격 때문인지는 몰라도 겉으로는 침착해 보였다.

'이런 개 씹XX 같은 놈들 대가리에 다 같이 구멍을 뚫어줘야 아, 이 미친놈들한테 개기지 말걸 하면서 구멍 뚫린 대가리를 조아리겠지.'

그러나 속으로는 당연하게 욕을 뱉고 있었다.

"대장. 저희끼리 가면 당합니다. 무조건 당해요. 힘을… 모아야 됩니다."

솔직히 지금 생각하고 있는 그 암살이라는 것이 성공할지 안 할지도 몰랐다.

자신들마저 죽어버리면 누가 유가족들의 원한을 갚아주겠는가, 대통령과 정부에 대해 악감정이 깊고 강한 사람들을 모아서 대업을 성사시켜야 하는 것이었다.

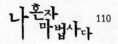

"뭐든, 복수만 할 수 있다면······."

유한정은 조준호의 말에 고개를 끄덕였다.

얼마 지나지 않아 '로벨리아'라는 조직이 생기고 전국을 방랑하며 둘은 인재들을 찾기 시작했다.

내가 사는 그 집

　하루는 두근거렸다. 얼마나 자신의 안락하고 푹신한 침대를 그리워했는가, 지붕이 있고 익숙한 곳이 있다는 것은 참 좋은 일이었다.

　하루의 집은 아파트였다. 불법이긴 하지만 월세를 내며 잘 살아갔다.

　3층에 있는 집 앞에 선 하루는 수많은 우편물들이 문틈에 끼워져 있는 것을 확인했고 주섬주섬 그것들을 챙겼다.

　언뜻 보기에 수도세 전기세, 핸드폰 요금 청구서 등이었다.

"일단 들어가 보고… 후."

혹시 발길이 닿은 지 꽤 돼서 몬스터가 살지 않을까 하는 엉뚱한 생각도 들었지만 있어봤자 가으하네의 기운 때문에 접근도 못할 것이라 걱정할 필요도 없었다.

띵. 띵. 띠딩. 띵.

번호를 누르고 현관문을 열자 먼지들이 눈에 보였다. 하루는 아랑곳하지 않고 신발을 벗고 들어갔다.

"다녀왔…습니다."

"다녀왔습니다!"

하루가 감성적으로 말을 하며 들어가자 이어서 들어가는 채령이 기분을 풀라는 듯 밝은 목소리로 말을 했다.

그런 채령을 보며 픽 웃은 하루는 집안을 둘러봤다.

현관문과 일직선상에 있는 하루의 방, 컴퓨터와 벽에 걸려 있는 옷들이 눈에 보였다. 항상 자던 침대도 있었다.

고개를 돌리면 바로 거실이다. 벽걸이 TV와 갈색의 가죽 소파, 아직도 째깍째깍 잘 돌아가는 나무 무늬의 시계가 있었고 커다란 베란다 문에는 햇빛을 가려주는 따뜻한 느낌의 커튼이 있었다.

좀 안으로 들어가면 부엌이 보인다. 엄마와 같이 요리도 하고 맛있는 음식도 먹은 식탁과 전자레인지, 가스레인지 등 모든 것이 추억 속에 있었다.

"후……."

그 부엌 맞은편에는 안방이 있다. 장롱과 큰 침대, 화장대가 있었다. 지금은 난장판이었다.

화장품들이 여기저기 흩어져 있었으며 가구들 중 멀쩡한 것을 찾아내긴 어려웠다.

찡그린 표정의 하루, 그때의 생각이 난다. 기억하고 싶지도 않은 그날 때문에 엄마가 차가운 얼음 속에 있었다.

"채령아, 좀 도와줘."

목매는 소리로 채령을 부른 하루는 침대 위 이불을 채령과 함께 탁탁 털었다.

말없이 도와준 채령은 뒤에 서 있는 가으하네의 옆으로 갔다.

"엄…마."

인벤토리에서 꽝꽝 얼어붙은 엄마를 침대에 눕혔다. 집에 왔으니 엄마도 그리웠을 것이라는 게 하루의 생각이었다.

"엄마. 집이야. 우리 집. 많이 그리웠지? 아까 잠깐 봤는데 집… 뺴라네? 그럴 순 없지. 내가 꼭 여기 지킬게. 우리 보금자리가 사라지면 안 되잖아. 이래 봬도 마법사잖아! 어떻게든 돈은 벌면 되지."

하루는 엄마를 바라보며 울며 웃었다. 간신히 엄마를 살릴 단서를 찾았는데도 그 단서가 다시 보이질 않게 되었다.

"엄마. 이제 청소할 거야. 깨끗하게. 이제 도망치지 않아도 되니까. 엄마 먼지 먹으면 안 되니까. 잠시만 기다려, 금방 다시 여기 눕혀 드릴게. 응? 히히."

하루는 다시 인벤토리로 엄마를 옮겼다. 세금이나 무슨 통지서들 보다 청소를 먼저 하기로 했다.

계속해서 살 것인데 이대로 둘 수는 없었다. 하루는 눈물을 닦고 옷을 바로 환복한 뒤 소매를 걷어 올렸다.

"…지영아. 청소할 줄 알지? 청소하자. 청소."

청소를 하자 집안이 깨끗해졌다. 대부분 나무에 관련된 디자인이라서 따뜻함이 한층 더 강해졌다.

저녁이 다 되어 가고 많은 청소를 해서인지 채령의 눈꺼풀이 무거워졌다.

귀신이 들린 것처럼(원래 귀신이었지만) 하루의 방으로 가서 베게에 찌들어 있는 하루가 체취가 좋은지 눕자마자 바로 잠에 삐져들었다.

하루가 그 장면을 봤지만, 짧은 치마에 쭉 뻗은 하얀 다리를 봤지만 애써 무시하며 고개를 돌렸다.

가으하네는 모든 청소가 끝난 뒤 그냥 거실에 가만히 앉아 있었다.

심심한 것인지 아니면 명상이라도 하는 것인지 움직이질 않았다.

"하아……."

벽면에 그어진 줄들이 보인다. 예전엔 하루에 한 번씩 그어보며 키가 얼마나 컸나 확인을 했는데 지금은 훌쩍 뛰어넘었다.

하루는 한 번 자고 있는 채령을 보고 컴퓨터 전원을 틀었다.

느리지만 인터넷이 끊겼어도 와이파이가 됐기 때문에 인터넷이 가능했다.

'수도, 전기, 가스…는 별로 쓰지도 않았으니 문제없고. 휴대폰 남은 약정이랑 밀린 월세…….'

지금은 약 200만 원 정도가 급했다. 주인이 집을 빼라고 우편을 놓고 갔지만 돈만 제대로 쥐어 준다면 문제없을 것이다.

몇 년이나 살았는데 허무하게 쫓겨날 순 없었다.

"분명 아이템 관련 거래 사이트가 있을 텐데……."

하루도 피곤했지만 검색창에 거래 사이트라고 쳤다. 아니, 치기도 전에 검색창 10위 정도에 '한국 거래 사이트'라는 것이 올라와 있었다.

바로 클릭해서 들어가자 여러 가지 아이템들을 판매하는 것을 볼 수 있었다.

학창 시절에 꽤나 이런 사이트들을 활용해서 용돈 벌이나 구입을 했었기에 헤매지는 않았다.

경매를 하고 있는 곳들도 있었다. 물론 거래를 하기 위해선 직접 만나서 돈을 받은 뒤넘기는 방식이었다.

상대방이 살인자나 범죄자라면 위험했지만 그런 이력이 있는 사람이라면 아예 이 사이트에 댓글도 달 수 없고 물건을 산다던지 제약이 엄청 많았다.

혹시나 하는 것이라서 거래 사이트 최상단에 '저희가 생명을 보장해드리진 못합니다'라는 글이 기재되어 있었다.

여러 가지 확인을 해본 결과 그냥 아이템들밖에 없었다.

옵션이 좋지 않은 것들과 공격력이 낮은 것들, 그러나 그중에서도 경매란 상위에 2천만 원을 찍고 있는 아이템이 있었다.

미노타의 언월도라는 아이템이었는데 확인 결과 스킬이 무려 세 개나 달려 있는 것이었다. 공격력도 많이 높고 말이다.

경매장 판돈은 점점 늘어만 갔다. 새로고침 버튼을 누르면 십만 원에서 수백만 원까지 상승해 있었다.

'나도 저 정도만 됐으면⋯⋯.'

2천만 원 정도라면 그것으로도 감지덕지였다. 판매할 아이템은 오니의 감투였는데 두 개 중 한 개를 팔 생각이었다.

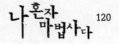

하루는 감투 옵션창을 키고 그대로 경매란에 올려두었다.

제대로 된 가격이나 시세도 모를 때는 경매에 올리는 게 제일 현명한 방법이었다.

"나도 일찍… 자볼까."

경매장에 감투를 올리고 더 볼 것은 없어서 바로 컴퓨터를 껐다.

샤워를 하고 자신의 침대에 누우려 했지만 이미 채령이 차지하고 있었기에 안방으로 향했다.

누워 있는 엄마의 옆으로 몸을 눕히는 하루였다.

"엄마. 오늘은 아들이랑 자자."

많이 지쳐 있었기에 하루도 잠에 빠져들었다. 어둠이 내린 집, 하루가 누워 있는 침대 앞에선 가으하네가 우뚝 서서 푸른 안광을 번쩍이며 지킬 뿐이었다.

아침이 되고 하루는 급히 나갈 준비를 했다. 너무 오랜만에 제대로 자는 것이었기에 늦게 일어난 탓이다.

지영도 일어났겠다. 냉장고를 열어보니 먹지 못하는 것들만 가득했다.

아무리 냉장고에 있었다지만 유통기한이 지나고, 냄새를 맡아보니 상한 것들 투성이였다.

대신 천장에 있는 비장의 카드를 꺼냈다. 간단히 해 먹을 수 있는 것의 최고봉, 라면이었다.

가으하네는 먹질 못할 것을 알고 있었기에 라면 두 개를 끓였다.

"이게… 뭐예요?"

"라면이지. 라면. 설마 모르는 건 아니지……?"

"전 기억이…….."

채령은 자신의 이름만 알고 있을 뿐이었다. 생전 기억을 가지고 있질 않았기에 라면이라든가 휴대폰, 컴퓨터 같은 것을 몰랐다.

어제 한 청소는 하루가 하는 것을 보고 대충 따라 한 것이었다. 의외로 생전에 머리가 좋은 것 같았다.

"핸드폰을 다시 사고… 장도 보고 해야지."

일단 있는 돈으로 장을 먼저 볼 생각이었다. 먹고 살아야 했기에 휴대폰을 만들자는 생각은 뒷전이었다.

감투가 좋은 값을 받는다면 금방 휴대폰을 하나 장만할 수 있었지만 많은 기대를 하진 않았다.

하루는 컴퓨터로 들어가서 어제 올렸던 한국 거래 사이트에 들어가 감투의 경매가를 확인했다.

'1억 6천.'

기간을 하루로 해놨기 때문에 낙찰 가격이었다. 하루는 이 가격을 보고 고개를 갸웃거리고 눈을 닦고 다시 보고, 새로고침을 해서 다시 확인을 했다.

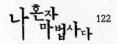

맞았다. 지금 감투를 1억 6천에 산다는 사람이 있다는 것이었다.

"우아아아아앙어어어어아아아!"

한 마디로 대박이었다. 댓글에서도 난리였다. 사는 사람 누구냐, 설마 여탕 갈라고 1억 6천에 사는 건가. 판매자가 이하루? 어디 가서 킬 침 안 맞으려나? 이분 최소 랭커임, 이런 굉장한 물건을 줍다니! 등 놀랍다는 얘기들뿐이었다.

갑자기 하루가 소리를 내자 가으하네가 검을 뽑고 달려왔지만 아무 일이 없다는 것을 안 가으하네는 다시 검을 집어넣고 거실로 나갔다.

"미친. 이건 미친 일이야."

낙찰을 받은 사람의 이름을 보니 (주)한국 에너지였다. 회사에서 샀다는 뜻이었는데 이런 회사에서 사는 거라면 안전할 것 같고 왠지 믿음이 갔다.

딩동―

누군가 벨을 눌렀다. 설마 라베, 아니면 ∀에서 왔나? 온갖 의심을 하고 하루는 갑옷을 착용한 뒤 현관문을 열었다.

"누구……."

"이하루!"

"이 개자식! 감히 연락을 끊어?"

"오호. 여자까지 있어? 설마 여자 때문에……."

하루는 놀랐다. 겨우 어제 유정을 만났던 것뿐인데 바로 오늘 이렇게 다 같이 오다니 말이다.

놀라움을 동반해서 무척이나 반가웠고 그리운 얼굴들이었다.

창수, 태호, 희찬, 강익, 그리고 유정이까지. 장난치고 웃고 떠들었던 게 바로 어저께 같았는데 조금 더 성장하고 만나니 뭔가 어색해 보였다.

집 안으로 들어오려는 것을 하루가 컨트롤로 막았다.

"지금 집에 먹을 것도 없고 좀 어수선하거든? 나가자!"

"와— 무력 쓰는 거야?"

"이게 인터넷에서 유명한 그 마법이냐."

"아니 우리 뭐 집 어지러운 것 좀 도와주려고 그런……."

"자아~ 나가자~"

하루는 거의 친구들을 묶다시피 해서 끌고 나갔다. 지영도 하루의 뒤를 따라오고 가으하네도 마찬가지였다.

주위 시선들이 따가웠지만 오랜만에 친구들과 얘기를 하면서 가니 별로 신경이 쓰이진 않았다.

"이하루. 뒤에 저거… 저분? 옷 딴 거 못 입나? 아니면 잠깐 다른 데로……."

"거참 신경 쓰여 죽겠네. 햇빛이 안 그래도 따가운데 다른 사람의 따가운 눈빛까지 받아야 허냐."

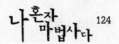

하루는 괜찮았지만 친구들로선 평생 받아보지도 못한
그런 눈길이었다. 당연히 불편하고 신경 쓰일 수밖에 없
었다.

　"가으하네. 이거… 입어봐."

　하루는 대충 인벤토리에 집어 넣어뒀던 옷을 가으하네
에게 건넸다.

　그러자 가으하네는 고개를 도리질치며 입지 못한다 답
을 했다.

　그 모습에 채령이 본능적으로 가으하네의 등을 찰싹 때
리며 하루의 손에 있는 옷을 잡아채서 어디론가 끌고 갔
다.

　"와… 여자친구? 성격 좀 있을 것 같다?"

　"여자친구 아니야. 그냥… 펫."

　"뭐? 페~엣? 그럼 그, 크흠! 너의 명령은 전부 수행하
는 그런…….."

　빠각!

　이상한 말을 짓거리는 까맣게 탄 피부를 가진 창수의
등을 하루 대신 유정이 때렸다.

　"이상한 말 그만하고 커피숍이나 드가자~?"

　역시 달콤 살벌한 유정이었다. 여전히 하루를 쳐다보는
눈길은 끝나지 않았으나 커피숍으로 들어오니 좀 줄었
다.

가으하네가 없어지고 하루가 미리 모자와 평상복을 입었기 때문이었다.

"자. 아가씨들~ 카드 한 장을 골라보세요. 그래요. 하트 A라… 이 카드를 당신께 드리고, 저는 클로버군요. 행운을 뜻하죠. 그쪽의 사랑이 저에게 날아온다면, 같이 커피 한 잔을 할 기회를 주시겠나요?"

빨간색 옷 세트에 약간 느끼해 보이는 얼굴을 하고 있는 남성을 카페 사람들이 신기한 눈길로 쳐다보고 있었다.

그 때문에 하루와 친구들이 들어오는 것에는 시선이 느껴지지 않았다.

"마술? 마술인가 본데."

"크큭. 진짜 마법사 앞에서 마술 같은 거나 하고 있나."

"야야. 저거 뜨는데?"

마술사로 보이는 남자가 여성에게 건넨 하트 카드가 여성의 손을 벗어나서 공중에 둥둥 떴다.

바로 마술사의 손으로 향하고 꽃가루와 함께 장미꽃으로 바뀌었다. 그리고 그 꽃을 여성에게 건네는 마법사.

신비한 광경에 사람들이 신기해했다.

'저것도 스킬이겠네.'

"잠시 실례. 레이디."

마술사는 목에 두르고 있던 망토로 몸을 스윽 덮더니

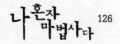

나혼자마법사다 126

사라졌다.

사람들은 헉! 하며 마술사를 찾았고 그 모습을 본 하루도 놀랐다.

"누가… 마법사라고? 진짜 마법사?"

마술사가 나타난 곳은 하루 얘기를 한 창수의 앞이었다.

포커 카드를 창수의 목 앞에 대고 있어서 뭔가 위험한 모습이었다.

그 모습에 하루는 컨트롤로 카드를 꿰뚫어 버리고 마술사의 얼굴을 쳐다봤다.

"뭐하는 짓입니까."

"뭐하는 짓이긴. 내가 누구 때문에 무시당하고 다니는데."

마술사가 하루를 쳐다보고는 인상을 찌푸렸다. 느끼한 얼굴이었는데 인상을 쓰니까 약간 성질이 있어 보였다.

다시 한 번 손을 좌—촥 흔들더니 카드 세 장이 마술사의 손에 나타났다.

"마법사라고? 운 좋게 그런 스킬을 얻은 주제에… 내가 그 마법이라는 것과 가까워지기 위해서 얼마나 많은 노력을 했는데!"

마술사의 이름은 하연우, 초등학생 때부터 마술을 접하고 배우기 시작해서 무려 20년 동안 연구를 하고 여러 마술들을 터득하며 나름 천재라 불리는 사람이었다.

그러나 지금 전 세계가 마법사라는 한 놈에게 관심을 두고 있었다.

관심을 받을 사람은 바로 자신인데 말이다. 하연우도 하루가 나오는 동영상을 봤다. 그리고 생각했다.

저 녀석 혼자 그런 특혜를 가지고 있을 리가 없어, 분명 마술일 거야. 어떤 속임수!

"그만하시죠. 여기서 난동을 피우시면… 아, 그것보다 저는 조절을 할 줄 모릅니다."

실제로 하루는 힘을 어느 정도 조절할 줄도 몰랐다. 파이어─버스터나 토네이도─버스터, 시져 니들 같은 공격 스킬도 그냥 사용할 뿐이었다.

좀 강하다는 것을 물론 알고 있었다. 그러나 사람에게 써본 적은 없었다.

컨트롤도 마찬가지로 뭔가 실험이란 것을 해보진 않았기에 사람에게 사용을 하면 어떤 결과를 불러올지 몰랐다.

"진짜 마법사? 큭. 그래. 진짜 마법사와 마술사가 싸운다면 누가 이길까?"

하연우는 미친 사람처럼 웃어댔다. 카페 분위기가 싸─ 아해졌다.

제일 많이 걱정을 하고 있는 것은 카페의 점장이었다.

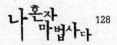

안 그래도 장사가 잘 안 되는데 여기서 술집에서나 보던 광경을 볼 생각을 한다니 아찔했다.

손에 있던 세 장의 카드가 하루에게 날아갔다. 하연우는 나머지 한쪽에도 카드를 쥐고 있었는지 총 여섯 장의 카드가 날아갔다.

하루의 뒤에 친구들이 있었기에 하루가 블링크로 피할 순 없었다.

바로 매직미러를 시전한 뒤, 친구들을 밀치며 피하라고 했다.

"이런……!"

하루의 매직미러 때문에 튕겨나간 카드들이 바로 하연우에게로 날아갔다.

다행히 하루가 매직미러를 바닥으로 비스듬히 생성했기에 바닥에 박혔다.

대단한 관통력이었고 강했다. 대리석으로 만든 바닥에 카드가 박히다니 말이다.

하루는 바로 장비 세트를 착용했다. 하연우와 하루의 대치 상태가 되자 주변에선 비명을 지르며 도망치기 시작했다.

"따라올 수 있으면 따라오지?"

카페 구석에서 나갈 수도 없고 말릴 수도 없이 불안에 떨고 있는 점장의 모습이 불쌍해 보이기까지 했다.

하루는 블링크로 카페 밖으로 나왔다. 좀만 더 가면 약
간 큰 공터가 나왔기에 그곳으로 유인을 하는 것이었다.

"저… 저놈이! 순간이동? 그런 건 나도 할 수 있다고!
어디서 마법사 행세야?"

하연우도 다시 목에 휘감은 망토를 펄럭이며 망토 속으
로 몸을 감췄다.

하루와 비슷하게 카페 밖에서 나타나고, 블링크로 멀어
지는 하루를 빠르게 뛰어 쫓았다.

공터는 상가 주변 가운데에 어린아이들이 놀 수 있게
만들어 놓은 분수대 같은 곳이었다.

하루가 나타나자 사람이 몰렸다. 그러나 날아오는 카드
들 때문에 뒤로 점점 멀리 퍼졌다.

"너… 개자식. 다 막아봐. 어디!"

하연우가 양손에 카드를 쥘 수 있을 만큼 쥐었다. 이번
엔 카드 모서리에 불까지 붙었다. 아마 이제 제대로 공격
하려는 것일 거라.

하루는 그냥 마음 편하게 있었다. 그리고 던진다면 언
제든 매직미러로 지금 구경하는 사람들을 보호할 준비
가 되어 있었다.

"뭐가 문제지? 던지지 않아?"

"뻔뻔한 놈… 누구는 노력해서 얻은 것을… 네가… 네
가!"

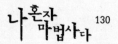

하연우는 다른 사람에게 던지지 않고 곧바로 하루에게 던졌다.

다행인 상황이었다. 하루는 날아오는 카드들을 보고도 가만히 있었다.

여자들은 두 눈을 감고 비명을 질렀지만 남자들은 마법사라는 이 영웅을 믿었다. 학창 시절, 어렸을 때부터 해 왔던 상상들!

그에 보답하기 위해서인지 하루의 갑옷에 카드들이 박치기를 했다.

단 하나도 꽂이기는커녕 하루의 체력을 1도 깍지 못했다.

"역시 그래야지. 마법사가 괜히 마법사야?"

"자, 이제 벌을 내릴 시간이다. 죽여!"

"어떻게… 어떻게……!"

하연우의 얼굴은 사색이 되었다. 자신의 스킬 중에 가장 강한 공격이었다.

그런데 저 푸른색 갑옷에 흠집 하나 내지 못했다. 미치고 팔짝 뛸 노릇이었다.

"이… 이! 로프 마술!"

하연우는 인벤토리에서 로프를 꺼낸 뒤 날렸다. 하루도 계속 이자가 덤빈다면 귀찮아질 것이 뻔하다는 생각이었기에 컨트롤로 로프를 간단히 잘라버리고 다음 마법으로 파이어—버스터를 시전했다.

엄청난 위용을 들어내는 다섯 개의 커다란 불덩어리들에 모두가 넋을 놓고 쳐다봤다.

"그만…하시죠."

"그, 그럴 순 없지! 너 같은 놈은!"

스아아아—

주변 분위기가 달라지며 무언가 뚜벅뚜벅 걸어왔다. 한 남성, 평범한 의상이었는데 옷 속에 검은색 드라이아이스라도 넣어놨는지 검은 연기가 나풀거렸다.

"처리한다."

"안 돼, 가으하네!"

옷을 갈아입고 걸어오던 가으하네가 하루를 공격하는 하연우를 보고 검을 들고 뛰어왔다.

하루의 말에도 멈추질 않아서 하루는 가으하네에게 생성해둔 파이어—버스터를 날려 제지했다.

이런 공공장소에서의 살인은 안 됐다. 아니, 다른 곳에서도 마찬가지였다. 그린벨트에서 죽인 세롬 하나면 됐다.

채령도 걱정되는 얼굴로 쳐다봤다. 그 뒤로는 이미 친구들도 하루가 걱정이 돼서 도망가다 말고 돌아온 상태였다.

"죽어라!"

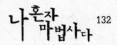

하루가 가으하네에게 정신이 팔린 틈에 하연우가 짧은 단검을 손에 쥐고 하루의 옆구리를 찔렀다.

그러나 그 공격이 들어갈 리가 없었다. 계속해서 찔러도 하루는 느낌조차 나지 않았고 그런 하연우를 쳐다봤다.

그 순간, 파이어-버스터가 작렬한 가으하네 쪽에서 난 연기를 뚫고 가으하네가 나와서 하연우를 발로 차버렸다.

엄청난 데미지였기에 하연우는 바닥에 엎어져 신음을 했다.

"저런 건 애초에 싹을 잘라야 한다."

"가으하네. 눈이 많다. 그냥 돌아가."

어젯밤, 옆에서 자신을 지키는 가으하네를 봤기에 조금 마음이 풀린 하루였다.

그러나 그것과 같은 일이 반복된다면 도저히 같이 다니거나 옆에서 봐줄 생각은 없었다.

하루의 말에 가으하네는 뒤돌아섰다. 채령과 친구들은 하루를 향해 달렸다. 이미 하연우는 진 것이었다.

패배자는 그렇게 바닥에서 뒹구는 것이다.

"이하루. 이게 그 갑옷이구나? 캬~ 템빨."

"마법 못 봤냐? 그러다 네 통구이 된다."

"저런 인생 루저는 독한 맛 좀 봐야 돼."

"큭. 크크크큭……."

하연우가 고통스러움에도 하루와 그 친구들을 보며 웃었다. 불길한 예감, 몇 번이나 겪었던 그런 기분이었다.

"자~ 마지막 마술입니다. 과연 이 모자에서는 뭐가 나올까~요? 오늘 공연은 이걸로 마치겠습니다."

항상 마술사들이 애용하는 그런 모자를 꺼낸 하연우는 비릿한 웃음을 지었다. 그리고 모자를 놓고는 망토로 모습을 감추고 사라졌다.

─자이언트 호브 고블린이 소환됩니다.

일반적으로는 흡 고블린이라 불리는 몬스터였다. 고블린 보다 상위 몬스터에 강했다.

거기다 자이언트, 커다라니 상대하기가 까다로울 것이었다.

"모두 피해!!"

하루가 바로 소리쳤다. 별 능력이 없는 사람들이 있다면 마음껏 마법을 쓸 수도 없고 안전을 보장하지도 못했다.

하루의 말과 알림음에 사람들은 전부 도망치기 시작했다.

그것은 하루의 친구들도 마찬가지였는데 채령만이 심각한 표정으로 뭔가 골똘히 생각하고 있었다.

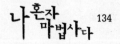

'또… 계속 그런다. 뚝 뚝 끊기는 느낌… 뭐지? 도대체…….'

다른 사람은 느끼지 못하는 것 같았다. 좀 전부터 계속 이상하게 사물들과 하루의 모습들이 마치 잠시 멈췄다 움직여지는 것처럼 보였다.

지영의 몸에 들어온 부작용인가 생각도 했다. 뭔가 느낌이 이상했다.

"채령! 피하라고!"

하루는 멍하니 있는 채령에게 소리를 치며 나타난 거대한 호브 고블린에게 속박을 걸었다.

채령은 아직 몸에 익숙해지거나 채찍을 휘두르거나 하지 못했기에 하루의 말에 물러섰다.

"가으하네? 저건 죽여도 되는데. 어때?"

"방해가 되는 건 처리한다. 저런 놈쯤은 검을 쓰는 것조차 아깝다. 나의 이 검이 무엇으로 만들어졌나 알고 싶게……."

"이어—버스터! 그만 말하고!"

가으하네의 수다는 여전했다. 하루는 최대한 빨리 호브 고블린을 처리하려 했다.

날뛰는 게 지속된다면 주변 건물들이 부서질 것이 뻔했기 때문이다.

'내가 사는 곳을 엉망으로 만들 수는 없지……?'

순간 이상한 기분이 들었다. 뭐라고 말을 할 수는 없었지만 채령이 느낀 것과 같은 것이었다.

하루는 기분 탓이겠지 하며 호브 고블린을 해치우는데 정신을 집중했다.

하연우가 소환하고 간 호브 고블린은 혼자 스킬 숙련도와 랩을 올린다고 사냥을 갔다가 사냥터에서 포획한 몬스터였다.

혼자서 죽이려니까 도저히 잡을 수가 없었다. 그렇기에 마술, 즉 속여서 모자 속에 가둔 것이었다.

처음엔 될까 안 될까 생각조차 하지 않고 막무가내로 시도했다가 얼떨결에 포획을 한 것이었다.

"잡아봐. 괴물 같은 놈들……."

하연우는 되도록 멀리 떨어졌다. 저런 몬스터를 상대할 수 있을 리가 없었다. 아니, 상대한다 해도 몸이 성치 않을 것이다.

그렇게 몸을 숨겨 지켜봤다. 눈이 꽤 좋은 편이었기에 멀리서도 보였다.

거대한 검이 눈에 들어왔다. 새까만 검이었는데 호브 고블린의 몸통 1/3과 같았다.

하연우를 발로 찬 그놈이 그 검을 들고 스윽 호브 고블린을 치더니 그대로 엎어졌다.

"…괴물!"

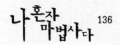

엎어진 건 바로 호브 고블린이었다. 하연우의 예상은 쉽게 빗나가 버린 것이었다.

놀라며 쳐다보고 있는데 호브 고블린을 일격에 처단한 이상한 놈이 자신을 쳐다보는 것 같은 느낌이 강하게 들었다.

하연우는 정신을 차리고 다음을 기약하며 곧바로 36계 줄행랑을 치기로 했다.

"가으하네. 넌 얼마나… 와."

"대박. 저 검사 정체가 뭐야?"

아무래도 호브 고블린을 너무 빠르게 잡은 것 같았다. 하연우와 이하루의 싸움에서 구경하던 사람들이 도망가다 말고 다시 되돌아왔다.

그리고 이어지는 사진 세례, 동영상을 찍는 사람들도 있었다.

그 빛이라는 것이 아무래도 언데드가 싫어하는 것이었는지 가으하네가 살기를 뿜어댔다.

그러자 움찔 하며 물러서는 사람들, 아마도 그들의 귓가에는 이런 알림음이 들릴 것이었다.

ㅡ소드 마스터 데스 나이트 '가으하네'의 살기를 받고 있습니다. 자칫 목숨을 잃을 수도 있습니다.

"처단하……."

"가으하네? 가자. 이만……."

친구들과 얘기를 하기 위해 나왔다가 이상한 일이 생겨버렸다. 얼른 이곳을 정리하고 가야 했다.

하루를 쳐다보고 있는 친구들은 하루와 눈이 마주치고는 뒤돌아섰다.

오랫동안 만났었기에 눈빛만 좀 다르게 해도 뭘 원하는지 대충 알고 있었다.

"채령. 아깐 왜 그렇게 멍하니 있던 거야?"

블링크로 다른 곳으로 가서 환복을 한 후 나타난 하루가 친구들을 뒤따라가고 있던 채령에게 붙어 말을 걸었다.

"그게… 뭔가 이상한 경험을 해서요. 뭔가… 끊기는 듯한…….."

"너도? 나도 그랬어. 뭔가 이상한 느낌이 들긴 했는데 무시했지."

"저만 느낀 게 아니네요. 다 같이 그런 걸까요?"

"아니다. 나는 그런 느낌이 없지. 원래 행동 같은 게 끊기는 것은 두렵다는 것이라고 생각하지. 그런 모습은 겁쟁이에게서 발견되는 증상으…….."

"무시해. 무시."

가으하네의 말에 하루는 고개를 도리질 치며 채령에게 말했다.

그리고는 뛰어가서 하루가 친구들의 어깨에 손을 올

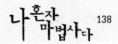

렸다.

이제야 좀 편한 얘기를 나눌 수 있을 것이다.

카페로 간 하루는 친구들과 수다를 떨었는데 별 특별한 얘기는 없었다.

그저 자주 놀러간다는 친구들의 말, 핸드폰 번호는 전에 쓰던 것과 같은 번호로 하겠다는 것, 그리고 대부분 하루에 관한 얘기였다.

"하… 역시 내 집이 편해. 집이 있다는 건 좋다."

집에 돌아온 하루가 기분 좋은 미소를 지으며 소파 위에 엎어졌다.

오랜만에 친구들을 만난다는 게 이런 기분이구나 생각을 했다.

그래서 엄마가 동창회 같은 곳에 갔다 오기만 하면 기분이 좋았는지 이해가 갔다.

그나저나 아까 확인했던 (주)한국 에너지라는 회사에 연락을 해봐야 했다. 무려 1억 6천!

결코 적은 돈이 아니었다. 그렇기에 확실히 받으려 했다.

이미 통장들은 고등학생 때 만들어뒀기 때문에 받는 데에 문제는 없을 것이다.

'현금으로 받아야겠다.'

분명 통장으로 받는다면 나라에서 양심도 없이 다 뜯어가 버릴 것이다.

하루는 인터넷을 켜서 바로 (주)한국 에너지에 연락을 했다. 비서라는 사람이었는데 목소리는 매우 친절했다.

"저… 감투 판매자입니다. 경매에서…….."

―아! 네! 저희가 구매한다 했습니다. 혹시 그쪽 주소가……?

"직접 오시는 건가요? 의정부역에서 만나기로 하죠. 시간은 내일… 되나요?"

되도록 빨리 만나서 생활비를 받아야 했기에 마음 같아선 오늘 보자고 하려 했지만 내일 보자고 말을 전했다.

그리고 금액은 전부 현금으로 받고 싶다는 것도 빼먹지 않았다.

전화를 끊은 하루는 여전히 기분 좋은 표정을 하고 고민에 빠졌다.

"이제 뭐하지…? 사냥이라도 가야 하나?"

정부에서는 군대를 만들기 시작했다. 대몬스터용 레이드 부대, 훈련은 엄격했고 고됐다.

매 순간이 소규모 전쟁이었고 특별한 기량과 능력만 있

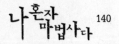

다면 특별대우를 받았다.

"왜 우리가 이렇게 싸워야 하는 건데. 으아아!!"

그들은 짜증을 내면서도 훈련을 따라갔다. 만19세부터 군대를 가야 한다.

입영 날짜를 정하는 것이 선택적이었지만 지금은 아니었다.

젊고 쓸 만한 몸을 지녔으면 무조건 강제로 징용을 했다.

지옥 같은 군대!

군대 문화가 어느 정도 괜찮아졌다고 했지만 그건 다 '환상 게임 바이러스'가 퍼지기 전의 얘기, 강제로 이렇게 만들기 전의 얘기였다.

"정신 차려! 이건 전쟁이다! 잘못하면 죽는다는 말이다!"

지금 그들이 있는 곳은 그린벨트이다. 많은 몬스터들이 무더기로 나오는 곳.

한 자리에서 약한 몬스터들을 잡으며 렙을 올리고 다음 구역으로 이동하는 방식이었다.

그 도중에 가끔 대형 몬스터들이 나왔다. 죽는 사람들이 나오고, 전멸하기도 하고, 잡을 수 있을 때도 있었다.

"오준영 님!"

"알겠다. 철의 축복—"

그 전쟁 같은 곳에서 특별한 힘과 도움이 되는 사람이 있었다. 20세, 갓 군대를 들어온 오준영이었다.

그의 엄청난 방어력과 체력은 이미 보통 인간의 범주를 벗어났다.

좀 전에 말했던 특별대우를 받고 있는 사람이 바로 오준영이었다.

21세부터 24~5세라는 나이 따위는 상관없었다. 상관은 오준영이었기에 군 생활이 조금은 더 편했다.

'여동생… 빨리 나가서 여동생을 지켜야 돼!'

그에겐 나쁜 놈들이 노리고 있는 아리따운 여동생이 있었다.

어쩔 수 없이 군대를 갈 나이라 와버렸지만 그래도 걱정이 됐다.

혹여 천사 같은 여동생이 타락해버리지는 않을까 조바심이 났다.

쿠와아앙!

몬스터들을 죽이다 보니 거대한 몬스터가 나타났다. 지휘자가 전투 준비를 하라고 하기도 전에 모두 눈에 쌍심지를 켰다.

도망가면 영창이었기에 싸워야만 했다. 그리고 다들 올라서고 싶어 했다. 오준영이 있는 자리를 탐내는 사람들이 많았다.

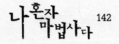

어린아이에게 존대를 쓰며 심부름을 하는 것이 엄청난 짜증을 불러왔다.

그것이 지금 같은 상황에서 의지를 불태우는 이유였다.

"모두 착검!"

모두들 검을 들었다. 총기는 몬스터에게 통하지 않는다는 것을 알고 전부 검을 이용한 훈련을 하고 있는 것이다.

궁병도 있지만 아직 훈련 성과가 낮고 다루기도 쉽지 않아서 별 도움이 되진 않았다.

모두 검을 드는 가운데 오준영 혼자만 방패를 들었다. 카이트 실드, 중세 전기에 기병이 널리 사용하던 방패다.

카이트란 서양의 연을 말하는데, 형태가 이와 같았기에 카이트 실드라고 불렸다.

기본적으로는 목제 방패로 보강하기 위해 표면에 금속판을 붙이곤 했다.

기사들은 방패에 문양을 그려 넣고, 그 위에 가죽이나 천을 다시 붙였다 하지만 오준영의 카이트 실드에는 태극기가 그려져 있었다.

애국심을 강조하는 디자인! 오준영도 지급된 이 방패가 마음에 들었다.

"켜져라, 자이언트 실드!"

하루는 약속 시간 30분 전에 미리 의정부에 나갔다. 원래 나가서 먼저 기다리는 성격이라 항상 친구들과 약속을 잡아도 한 시간에서 30분 빨리 장소에서 기다리는 미련한 하루였다.

많은 돈을 거래하는 것이라 사람들 눈에 띄고 싶지 않아서 하루는 가으하네에게 집을 부탁한다고 진지한 표정으로 말한 뒤 채령과 함께 밖으로 나왔다.

의외로 쉽게 하루의 말에 알았다고 한 가으하네가 신경 쓰였지만 편하게 밖을 돌아다닐 생각에 가으하네는 잊혀졌다.

"주인님~ 그럼 옷 사주시는 거예요?"

"그래. 너도 뭘 입고 살아야 하지. 지금처럼 그런 가죽옷을… 크흠! 입고 다닐 수는 없으니까."

원래 입고 있던 평범한 옷은 빨아버렸다. 그리고 남은 건 검은색 가죽 옷이었다.

돌아다니기에 너무 눈이 즐거운 남자들이 있어서 다른 옷들을 이번에 거래가 잘 되면 사주겠다는 말을 한 것이다.

"흐음… 자네가. 감투의 주인……?"

뚱뚱한 몸체에 뒷짐을 서고 뒤에는 보디가드인지 검은색 옷을 입은 자들이 다섯 명 정도가 있었다.

"네. 접니다."

"무척 어리군! 그래, 물건은……?"

"여기서 거래를 하시려고요? 그 많은 돈들도 있는데 눈이 안 튀는 곳으로……."

"그러지."

무척이나 욕심이 많은 듯한 얼굴이었다. 돈만 많이 주면 상관은 없었기에 하루는 기분 좋은 영업용 웃음 같은 것을 지어 보였다.

카페 같은 곳에 들어갈 줄 알았던 하루는 술집 커다란 룸으로 들어가는 모습에 약간 당황하기는 했지만 뭐 보는 눈이 아예 없었으니 안심이었다.

"(주)한국 에너지 사장일세. 중요한 물건이라 내가 직접 왔지."

"아, 저는 드릴 명함이……."

어른이 주는 것이라 하루는 한국 에너지 사장이 건넨 명함을 정중히 받았다.

사장은 알았다는 듯 고개를 끄덕이고 물건을 보길 원했다.

"아… 네. 드려야죠. 그전에 잠시… 착복."

갑자기 갑옷을 장착하는 하루의 모습에 사방을 호위하던 보디가드들이 움찔 총을 빼들었지만 사장의 웃음에 다시 품속에 집어넣었다.

"안전이 최고라서요. 여기… 감투입니다. 그런데 돈은……."

"클클… 어디선가 본 적이 있는데 말이야. 여기, 돈은 2억을 준비했네. 4천은 그만한 가치가 있는 것이라 신경 쓰지 말고."

하루가 감투를 꺼내고 넘기지는 않자 사장이 먼저 007 가방 두 개를 하루 쪽으로 밀었다.

그 가방을 열어본 하루는 감투를 조심히 사장의 앞에 두었다.

4천이나 더 얹어주다니, 참으로 좋은 사람이 아닌가. 하루는 만족한 표정을 했다.

일일이 돈을 셀 필요는 없었다. 인벤토리에 넣으면 바로 얼마가 있는지 나타났기 때문이다.

정확히 2억이 맞았다.

"그런데 그 회사에서 감투는 왜……."

"실험을 할 것일세. 이 능력이 어찌 생기는지와 활용할 수 있는 것들을 생각해야겠지. 일종의 투자일세, 투자. 자세한 건 회사 기밀이니… 더 이상 말하지 못하네."

하루는 고개를 끄덕였다. 어차피 자신의 손을 떠난 남

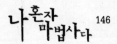

의 물건이었다.

이제 2억으로 계속 먹고 살며 세금도 내고 생활과 여러 정보도 모을 수 있게 되었다.

역시 어떻게 되든 돈이 있어야 뭐든 할 수 있다는 것이 맞는 말인가 보다.

"좋은 성과 올리시길 바랍니다."

"아, 그래! 이제 생각났네. 그 갑옷! 마법사였어."

하루가 인사를 하고 자리에서 일어나는 순간 사장이 딱! 하고 말을 했다.

지금 제일 유명한 사람은 마법사, 이하루니깐 말이다. 괜히 귀찮아 지지는 않을까, 하루는 자리에서 빨리 벗어 나려고 했다.

"자네. 나중에 다시 볼일이 있을 걸세."

"네. 그런 일이 있다면…….."

하루는 자리에서 벗어나서 밖에서 기다리고 있던 채령 과 함께 이동을 했다.

제대로 그냥 거래만 이뤄지니 이처럼 마음 편한 것도 없었다.

차라리 감투 하나를 더 팔아서 아예 집을 살까 하는 생 각도 들었다.

'내가 사는 그 집. 정말 좋은데… 이 나이에 집을 사다 니, 그건 꿈같은 말이지.'

부모가 부자가 아닌 이상 집을 산다는 건 한국에서는 거의 불가능했다.

대학에 가기 위해 학자금 대출에 결혼을 하기 위해 결혼 자금 대출, 애라도 낳으면 생활비 두 배… 대부분이 빚 더미에서 사는 이 나라에서 집을 산다면 상위 계층이라 생각해야 했다.

뱀파이어

　무려 6개월이 지났다. 여전히 ∀는 털끝 하나 나타나지도 않고, 언데드들을 죽치고 잡아도 나오는 단서 하나 없었다.

　1억 6천을 잘 활용해서 나름 살림을 잘 꾸려나가고 있었으며 채령도 완전히 이제 적응을 해서 같이 살아가고 있었다.

　친구들과도 가끔 만나서 성인이 되고 해보지 못한 당당히 술을 마신다든가 클럽 같은 곳도 갔다.

　음탕하거나 그런 짓은 하지 않았다. 친구들이 하도 순진한 녀석들이라 무인도에서도 법 없이 살아갈 놈들이었다.

"가으하네!! 그만둬. 거기서 더 움직이지 마."

하루의 집, 심각한 표정으로 가으하네를 제지하는 하루였다.

6개월 전에도 이와 같은 짓을 했는데 그땐 정말 어떻게 해야 하나 싶었다.

"이번엔… 꼭 성공을."

"내가. 내가 해줄게. 그러니까 내버려둬. 왜 아무 잘못도 없는 것을!"

"……"

하루는 가으하네를 밀쳤다. 그리고 손에 있는 것을 빼앗았다.

가으하네가 하고 있던 것은 라면 끓이기였다. 6개월 전, 뭔 짓을 했는지 모르지만 하루가 집에 돌아왔을 땐 젓가락이 구부러지고 냄비에 구멍이 뚫려 있었다.

"또! 이놈의 언데드가. 라면 내가 해준다고!"

결국엔 가으하네가 혼자 몰래 해보려다가 걸리고, 지금도 그때와 같이 냄비에 구멍을 뚫어버렸다. 힘이 너무 많은 탓이었다.

맛은 느낄 줄 아는지 여차하면 음식들을 먹으려 했다.

가으하네는 하루의 윽박질에 더욱 음침해하며 거실로 가서 앉았다.

뭘 더 만나기라도 한다면 도움이 되지 않았다. 그래서 버릇처럼 항상 넌 힘을 뺄 필요가 있다며 말을 했다.

"주인님~ 빨리 가야 하지 않아요?"

채령이 방에서 나오면서 얘기를 했다. 원래 있던 세 개의 방 중 창고로 쓰던 방을 정리하고 채령이 쓰기 시작한 것이었다.

하루가 가려는 곳은 고속도로 옆에 있는 작은 공터에서 계속 나타나는 몬스터를 잡기 위해서였다.

다른 사람들은 잡기 까다로운 대형 몬스터가 어느 정도 시간이 지나면 계속해서 리젠이 되는 것이었다.

인벤토리에 몬스터의 시체가 그대로 들어간다는 것을 안 하루는 계속해서 잡고, 팔았다.

대형 몬스터의 시체는 돈이 됐다. 여러 가지 실험에도 사용되고 장비의 가공 재료로도 사용된다는 말들이 있는데 정부에서 구입하는 것이었고, 편의점처럼 여러 곳에 시체를 매입하는 곳들이 많이 생겨났다.

대형에도 종류가 있었다. 동물류는 200만 원, 몬스터 하위 계층은 300만 원, 중간은 400만 원, 상위는 600만 원 정도였다.

하늘을 나는 몬스터는 무조건 1,000만 원이었다. 잡기도 어려웠고 다 잡았는데 날아서 도망치는 경우가 많았기 때문이다.

"가야지. 채령, 너도 갈 거야?"

"네. 이번엔 꼭! 도움이 돼야겠어요."

여러 가지 대형 몬스터들을 보고 정부에서 그 가격을 측정하지만 대략적인 가격은 그랬다.

여기저기 돌아다닌 하루는 이미 '몬판소(몬스터 판매소)'의 VIP였다.

"원딜들! 공격 개시!"

하루가 원래 잡던 곳에서 먼저 누군가 와 있었다.

정부에서 시체를 구입한다고 한 시점에서부터 생기기 시작한 레이드 파티들은 날이 갈수록 실력이 향상됐다.

하루의 눈에 보이는 건 원딜들밖에 없다. 역시나 무리를 해서도 그것을 구입했구나 생각했다.

"주인님. 원래 여긴……."

"괜찮아. 이걸 잡을 정도가 되나 보네 이제."

탱커가 없음에도 레이드가 가능한 것은 투명 망토 덕분이었다.

(주)한국 에너지에 하루가 판매한 감투의 성분과 어떻게 만들어지는 것인지를 연구하고 물질들을 종합한 (주)한국 에너지는 투명 망토를 드디어 만들어 냈다.

두르기만 하면 몬스터는 물론 사람에게까지 보이지 않는다.

악용이 될 수가 있었기에 (주)한국 에너지에서는 이 망토에 위치 추적을 할 수 있는 기능과 비싼 가격을 조건으로 내걸었다.

가격은 무려 2천만 원. 목숨 걸고 비행형 몬스터 두 마리를 혼자서 잡아야 얻을 수 있는 돈이었다.

"비명이다. 피해!"

하루가 잡던 이 몬스터의 이름은 비명 버섯이었다. 버섯이 비명을 질러? 할 수도 있지만 몬스터다. 입이 있다. 대신 눈은 없었다.

비명의 데미지는 꽤나 세고 정신적인 충격을 줘서 하루도 그대로 맞지 않고 매직미러로 반사를 하던 비명 버섯만의 스킬이었다.

저 비명과 가끔 나오는 버섯 안의 촉수만 잘 피하면 잡는 것은 그리 어렵지 않았다. 물론 하루의 기준에서였지만 말이다.

"으억!"

"크으……!"

지휘지가 말을 했음에도 제대로 피하지 못한 사람들은 고통에 신음을 했다. 그럼에도 부축을 해주거나 도와주는 사람들은 없었다.

목숨을 걸고 하는 레이드, 한 대만 맞아도 바로 죽는 경우들이 있다. 그렇기에 조심하고 또 조심하는 것이었다.

자신의 동료가 고통 속에 있는데 도와주고 싶은 건 모두 같은 마음일 것이다. 그러나 지금은 비명 버섯의 퇴치가 우선이었다.

  '하… 진짜. 역시 같이 레이드를 다니는 건 안 맞아.'

  몇 번이나 하루에게 같이 레이드를 하러 다니자고 하는 사람들이 있었지만 전부 무시했다.

  이미 이들이 레이드하는 이런 장면들을 몇 번이나 봤기 때문이다.

  항상 지금 하루의 앞에 벌어진 이 일처럼 같은 상황들이 발생했다.

  "후… 우린 그냥 가자. 라이데인―"

  콰과과과광!!

  하루가 마법명을 외치자 마른하늘에 번개가 여러 번 떨어져서 비명 버섯을 강타했다.

  간단히 죽어버린 비명 버섯에 레이드 파티는 어리둥절했다.

  하루는 바로 등을 돌리고 갔다. 그동안 하루의 마법에도 진전이 없는 것은 아니었다.

  컨트롤로 마나를 이용하고 여러 가지 실험을 해보니 스킬들이 생겨난 것이었다.

  번개를 떨어트리는 '라이데인'과 마나를 응축해서 날리는 '마탄', 그리고 블링크를 사용하다 보니 30초 동안 날

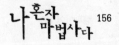

수 있는 마법사의 꿈의 스킬인 플라이가 생겨나고 블링크의 이동 거리가 늘어났다.

"잠시만요. 마법사님이죠! 저희랑 같이……."

"필요 없습니다. 동료는."

하루는 단호하게 말을 하고 걸어갔다. 여전히 하루를 알아보는 사람은 많았고 유명했다.

채령이 하루를 따랐다. 아선과 지영을 잃은 후엔 그 누구와도 같이 사냥을 나가진 않았다.

채령과 가으하네 빼고는 말이다. 그리고 다시 소환이 가능해진 말랑이는 조심히 그냥 일상생활에서만 소환을 했다. 그 고통을 다시 느끼게 하고 싶지 않아서일 것이다.

어둠, 밤의 귀족이라 불리는 그들.

서울에 박쥐 때가 몰려서 날아들었다. 사람이 없는 옥상에 있었기에 다른 사람들의 눈에 뛰지는 않았다.

박쥐들이 사리지고 세 명이 그 자리에 있었다.

유럽풍의 상당히 고급스러운 원단으로 만들어진 듯한 옷, 길게 늘어트린 머리, 다른 이보다 조금 더 길고 날카롭게 생긴 이가 보였다.

"드디어 왔군."

"그래, 인간들이 우리와 같은 기술을 쓴다지."

"더러운 것들, 감히 고귀한 귀족인 우리의 힘을 쓰고 있다니."

뱀파이어, 그들은 서울 야경을 한눈에 보면서 기생오라비 같은 남자들과 그 옆에 목을 훤히 내보이고 있는 먹음직스러운 여성.

"더러워 보인다. 내가 더러운 피를 먹을 순 없지."

"고귀한 피다. 저건 뚱뚱해서 맛이 없을 것 같군."

"저건 괜찮을 것 같군. 그런데 얼굴이… 먹기 전에 구토를 먼저 할 것 같군."

뱀파이어들은 각자 사람들을 보며 입맛을 다셨지만 그만 눈을 거두고 말았다. 고귀한 뱀파이어의 상황에서 할 행동이 아니었다.

"그럼 광란의 피 파티를 해야겠구나."

"처리하다 보면 먹을 만한 것들이 나오겠지."

뱀파이어들은 옥상에서 뛰어내렸다. 자신들과 같이 피를 쓰는 것들에 대한 살육이 진행되는 것이었다.

서울은 완전 아수라장이 되었다. 비명과 함께 울음소리, 피까지 여기저기 튀었다.

3사 방송사, 케이블, 라디오 할 것 없이 모든 소식을 전할 수 있는 곳에서는 난리였다.

　막을 수 없는 살육! 우월한 종족! 밤낮 가릴 것 없이 공격하는 괴물!

　바로 뱀파이어에 관한 얘기였다. 대한민국이라는 세계에서 작다고 할 수 있지만 막강함 힘과 그만한 인기를 지니고 있는 곳의 중심, 서울을 완전 피바다로 만든 것이었다.

　[속보입니다! 뱀파이어로 추정되는 세 명이 서울을 공격하고 있습니다. 정부에서는 어떠한 입장 표명도 하지 않고 있으며, 군대들의 총도 소용이 없습니다.]

　하루는 집에서 한가하게 있다가 뉴스로 이야기를 전해 들었다. 친구들도 이 소식을 접했는지 하루에게 문자를 보냈다.

　내용은 전부 갈 건 아니지? 저런 위험한 곳에 가봤자 못 이겨, 몸 사려라 등의 가지 말라는 내용들뿐이었다.

　심각하게 생각하던 하루는 자리에서 일어났다.

　'뱀파이어. 몇 백 년이고도… 살지? 또 물리면 물린 사람도 뱀파이어가 된다는…….'

　몇 천 명이 죽었다는 것은 신경 쓰지 못했다. 오로지 뱀

파이어에 관한 단어, 그 힘과 능력, 신화에서만 생각이
났다.

"엄마를 살릴 수 있어. 몇 백 년이고 살 수도 있어!"

하루는 채령과 가으하네에게 준비를 하라고 했다. 바로
서울로 향한다고 말이다.

지금 인터넷을 하루가 보고 있지는 않았지만 난리였
다.

이럴 때 마법사가 도와주어야 한다. 이 글을 본다면 빨
리 도와주세요!

아마 하루와 비슷한 생각을 가지고, 저 뱀파이어들과
대항할 힘이 있는 사람들은 하루와 같이 성격이 비슷하
면 서울로 향할 것이다.

"주인님. 저건 위험하지 않을까요⋯⋯?"

"처리한다. 그것뿐이다. 나를 이길 수 있는 자는 없다.
나는 대단하고 대단한 소드 마스터니까."

가으하네의 말이 맞았다. 하루도 사기캐였는데 그보다
지금 더한 것이 가으하네였다.

혹여 무슨 일이 생기더라도 가으하네가 있었기에 걱정
이 덜했다.

"말랑이, 너는⋯ 쉬어. 위험하니깐."

[왜 맨날 나만! 안 된다. 나도 간다.]

"대신 위험하면 바로 소환 해제한다. 조심해야 돼. 얼

마나 강한지 모르니까."

순간 으르렁대다가 고개를 끄덕였다. 주인 녀석이 지신을 너무나도 아끼고 있었기에 한편으로 짜증이 났지만 하루에 대한 말랑이의 충성심은 올라갔다.

그리고 항상 미안한 마음이었다. 자신이 지키지 못해서 지영과 아선이 죽었다. 자신의 탓이라고 생각하고 있던 것이었다.

"흠… 그럼 가볼까? 태워다 줄 사람이 있을지는 모르지만."

이미 열차도 중지된 상태, 하루는 무작정 택시를 잡기로 했다.

길거리를 나가니 현장 상황을 실시간으로 보여주고 있었다.

"하아… 정말 이 기분은… 오랜만이야."

"늑기에, 그렇게 많은 피를 취하다간 취한다. 적당히가 제일 좋은 법."

"뭐 어때서, 그럼 하르건다함. 너도 너무 오버 페이스가 아닌가? 으음~ 이 향기! 특별히 오길 잘했어."

"늑기에, 하르건다함. 우린 어디까지나 감시를 하러 온 것이다. 이런 잔챙이 몇 마리 죽이러 온 것이 아니다."

두 뱀파이어의 말에 유일한 여성으로 따라온 다치아가 짜증나는 표정으로 말했다.

이미 이 주변은 초토화였다. 피를 매개채로 힘을 쓰는 종족이 바로 뱀파이어였기에 밤이나 낮이나 힘이 떨어지는 경우는 없었다.

오히려 힘이 더 끌려 올라갔으면 올라갔지만 말이다.

"아… 아으어……."

무너져 내리는 건물에 부들부들 떨며 울음소리를 내고 있는 여성이 다치아의 눈에 걸렸다.

세 명의 뱀파이어가 한차례 푸닥거리를 하니 건물들은 죄다 걸레짝이 되었다.

그리고 발에 차이는 건 사람들의 시체, 만약 살아남은 사람이 있다면 공포에 견딜 수 없을 것이다. 특히 심약한 여자들은 그것이 심했다.

"인간… 우리들의 능력을 어찌 쓰는 거야?"

"무, 무슨 말을 하시는 거예……."

"말이 안 통하는구나. 죽어라 그냥. 블러드 드레인―"

수아아악!

다치아가 눈물을 흘리며 떨고 있는 여인에게 사용하니 여인의 전신에서 붉은 물줄기가 올라왔다.

신음 소리를 내려 하지만 그러지도 못하고 그저 숨을 들이쉬려고 크게 입을 벌리는 모습 그대로 2초 정도 지속되다가 생기가 없어지고 바닥에 쓰러졌다.

어느 한 소리도 내지 못하고 죽으니, 무섭지 않을 수가

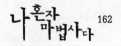

없었다.

"하… 이 정도 하고. 어디 거처를 알아보지. 그래야 계속 관찰을 하면서……."

촤악―!

늑기에와 하르건다함에게 다시 돌아가 말을 하려는 순간 다치아의 팔뚝에서 피가 약간 흘렀다.

이것도 엄청난 반응 속도 때문에 목이 잘릴 뻔한 것을 간신히 막은 것이었다.

"다치아!"

"…인간 놈들 냄새. 이상한 방법을 쓰는군."

다치아가 자신을 공격한 것에 대한 정체를 알아채려고 신경을 곤두세웠다.

늑기에와 하르건다함도 위험에 마냥 노출되는 것은 꺼렸기에 자리에서 벗어났다.

뱀파이어들의 눈에는 아무것도 보이지 않았다. 그저 풍경이 약간씩 일그러져 보인다는 것만이 다였다.

"작전 S."

목소리만 들리는 것으로는 몇 명이 얼마나 있는지 몰랐다.

지휘자의 목소리에 뭔가 분주하게 준비하는 소리가 들렸다.

그 안에 뱀파이어들은 할 수 있는 것이 없었다. 마구잡이로 허공에 공격을 하다가 자칫 치명상이라도 입으면 큰일이었다.

준비하는 듯한 소리가 멈추고 공기를 찢는 듯한 소리가 들렸다. 그리고 뱀파이어들에게 날아드는 화살들이 보였다.

족히 몇 십 개는 되어 보이는 화살들의 모습에 제일 먼저 늑기에가 씨익 웃으며 움직였다.

"난 또 뭐라고. 블러디 레인—"

투두두두둑.

정확이 허공을 날아드는 화살이 핏물에 부려져버렸다. 별거 아니구나 생각한 다치아는 방금 전에 맞은 것을 복수하기 위해 움직였다.

바닥에 퍼져 있는 핏방울들이 튀는 것을 확인할 수가 있었고 좀 이상하다 싶은 곳에 공격을 하면 되었다.

"음… 투명이라는 건가. 피의 표식—"

하르건다함이 고개를 끄덕이고는 손을 들어 스킬을 시전했다.

핏물들이 허공을 갈랐다. 그리고 그냥 허공에서 움직이고 있는 핏물들의 모습에 투명 망토로 몸을 가린 사람들인 것을 알 수 있었다.

"어리석은 놈들. 그깟 것으로 이 고귀한 몸을 움직이게 하다니."

늑기에가 마치 춤을 추듯 피가 묻은 사람들을 공격하기 시작했다. 반격도 하고 막기도 했지만 상대는 강했다.

아예 망토가 갈라진 사람들은 모습이 그대로 노출되기도 했다.

그런 사람들은 어김없이 하르건다함의 피를 이용한 공격에 죽어갔다.

"감히 공격을 하려고 얕은 수를 쓰다니… 역시 인간들은 어리석다."

"나름 칭찬은 해주고 싶은데. 다치아, 너의 아름다움 몸에 흠집을 냈잖아?"

"닥쳐라. 네 얼굴 갈아 치워버리기 전에."

습격을 강행한 모든 사람들은 죽어버렸다. 아니, 운 좋게 살아남아 나간 사람도 있을 것이다.

"쉬잇. 너무 조용해."

실시간으로 이것들을 방송하고 있는 나서경 기자는 카메라맨과 같이 있었다.

물론 이 잔인한 광경은 바로바로 모자이크 처리가 되서 나간다.

지금 이 상황도 전파를 해야 하는 것이었지만 나서경 기자는 기다리고 있는 사람이 있었다.

'푸른 갑옷의 마법사.'

바로 이하루였다. 한 차례 촬영을 해서 인터넷에 뿌린 적이 있는 나서경 기자와 그의 카메라맨은 항상 위험한 곳들을 다니며 마법사를 찾기에 혈안이 되어 있었다.

이 소식이 전해지자 방송국들에서는 위험한 곳과 위험한 곳에서의 취재만 있다면 무조건 나서경 기자를 찾았다. '불나방'이 나서경 기자의 별명이었다.

"뭐냐. 그 반짝이는 갑옷은."

"품위 없군. 옆에 있는 것은… 더러운 어둠이다. 옳지 않은데."

늑기에, 하르건다함, 다치아는 한곳을 보고 있었고 너무 당당하게 등장한 인물에 호기심이 생겼다.

나서경 기자는 눈을 반짝이며 카메라맨을 툭툭툭 치며 손가락으로 무너진 건물의 잔해 위에 올라가 있는 인물을 가리켰다. 이 위험 속에서 계속 기다린 사람의 등장이었다.

"너무 잔인한… 우욹……."

"저 셋…이겠지?"

"짙은 피 냄새가 난다. 아, 나는 코가 없지만… 느낄 수는… 아, 감각이다. 그냥. 감."

후각이 유난히 발달한 말랑이는 아무 말 없이 그냥 고개를 돌렸다.

하루가 이 많은 사람을 죽인 뱀파이어 셋을 보며 뚜벅

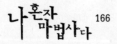

뚜벅 걸어가고, 그 뒤를 채령과 가으하네, 말랑이가 따랐다.

이 모습은 전국에 생중계가 되고 있었다.

"인간 따위가 감히 고개를 빳빳이 세우고 오다니. 잡것들이……."

"다치아, 잠깐만. 뭔가 정보를 얻을 수도 있잖아?"

다치아가 움직이려던 차에 늑기에가 붙잡았다. 그 모습 그대로 하루가 세 명의 뱀파이어 앞에 서서 우선 예의바르게 인사를 했다.

당황했지만 예의는 아는 인간이구나 생각을 해서 별다른 행동을 취하지는 않았다.

하루는 가장 가까이에 있는 뱀파이어, 다치아를 바라보며 입을 열었다.

"혹시 나이가 어떻게 되세요……?"

"주, 주인님……?"

심각하게 걸어와서 말한다는 게 뱀파이어한테 몇 살이냐는 것이다.

당연히 다치아는 당황한 표정이도 그 뒤에 늑기에와 하르건다함도 마찬가지인 표정이었다.

"여자에겐 실례라는 걸 모르나! 역시 그냥 죽이는 게……!"

"죄송합니다. 엄마를 살려야… 합니다. 뱀파이어에게

물리면 똑같이 몇 백 년을 산다고……."

하루는 덤비려는 다치아에게 위협을 느끼고는 순간 블링크로 완전 반대쪽으로 이동을 해서 말을 계속 이어했다.

다치아는 놀라는 표정으로 늑기에와 하르건다함의 사이를 비집고 나와 신비한 눈으로 하루를 쳐다봤다.

"너… 뭐야?!"

"잠깐. 디치아. 일단 우리의 대답은 살리지 못한다. 나 같은 귀족이 그런 걸 할 리가 없잖아? 인간을 살리는 것 따위."

"이젠 네놈이 대답할 차례다. 어떻게 그렇게 빠른 거지? 아니, 속임수라도 썼나?"

하루는 고개를 푹 숙였다. 사람들을 죽이던 뱀파이어들이 제대로 말을 들어줄 리가 없었다.

그럼에도 불구하고 실낱같은 희망은 있었다. 늑기에가 그런 걸 할 리가 없다고 말한 것, 그럼 할 수도 있다는 뜻도 있었다.

일단 호감을 사야 하나? 하루는 생각했다.

"음… 속임수라기보다, 어느 날 생긴 능력이라고 할까요?"

"지금 그걸 우리더러 믿으라는 건가?"

"하실 수 있죠? 사람 하나 뱀파이어로 만드는 것."

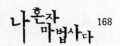

다치아가 짜증나는 표정을 하고서 그냥 하루에게 달려 들었다.

이깟 인간쯤은 그냥 죽여 버리면 된다는 것이 다치아의 생각이었다.

늑기에와 하르건다함은 말릴 생각이 없었다. 어느 정도 지금 대화를 통해서 다치아의 행동이 이해가 갔다.

블링크로 간단히 다치아의 공격을 피한 하루는 파이어 ―버스터로 견제를 했다.

'처음 보는 기술인데… 뜨겁다. 화염!'

다치아가 주춤거리고 있었다. 저 화염 덩어리에 맞기라 도 한다면 아리따운 이 고귀한 얼굴은 유지하지 못할 것 이다. 그렇기에 죽일 듯 노려보고 있을 수밖에 없었다.

"저는 싸울 마음이 없습니다."

"설마 네가 이놈들의 우두머리인가? 아니, 인간들의?"

"…? 그게 무슨…….."

"닥쳐라. 그냥 죽어!"

어차피 인간 따위가 자신의 반응 속도와 신체 능력, 힘 을 따라 올 수 있을 리가 없었다.

다치아는 굳게 주먹을 말아 쥐고 하루에게 달려들었 다. 그에 하루도 미리 소환한 불덩이들을 날렸다.

"이쪽도… 싸워야겠지? 아니, 그냥 죽거라. 더러운 어 둠의 자식. 블러드 드레인―"

늑기에가 가으하네를 공격하기 시작했다. 가으하네는
늑기에의 말에 고개를 갸웃거렸다.

"설마 그게 공격……?"

가으하네의 얼굴엔 표정이 없었지만 목소리에서 늑기
에를 비웃는 듯한 느낌이 담겨져 있었다.

기본적으로 가으하네는 언데드이다. 즉, 피가 없는데
피를 뽑는 블러드 드레인 같은 기술을 쓰니 전혀 통하지
가 않는 것이었다.

늑기에는 빠직 이마에 혈관 마크를 달고 가으하네에게
달려들었고 가으하네는 검을 뽑아서 검기를 바로 생성
했다.

남은 것은 하르건다함과 채령, 말랑이.

하르건다함은 채령을 위아래로 훑어보고 고개를 끄덕
였다. 좀 야릇한 시선이었다.

"그래. 좋은 신체를 지녔군. 다치아에게 견줄 정도는
아니……."

"벼, 변태!"

찰싹!

채령은 기분 나쁜 눈빛에 불쾌했는지 그동안 연습을 함
께해왔던 채찍을 꺼내들었다.

휘두른 채찍을 그대로 맞은 하르건다함은 채령을 바라
봤다. 그것도 정열적으로 말이다.

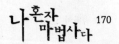

"조, 좀 간지럽기는 하지만. 좀만 더… 더 때려봐."

씨익― 웃는 하르건다함의 표정에 왠지 모르게 소름이 끼쳤다. 그에 채령은 설마 마조히스트인가 생각을 했다.

최근 6개월 동안 여러 가지 생활을 하면서 인터넷도 하고 BL이라는 장르와 다양한 성에 관한 것도 접했다.

그렇기에 얼굴을 붉히는 것이었다. 괜찮은 작품이란 것에서 나름 재밌게 봤던 작품의 제목이 더 때려줘, 너밖에 없어라는 작품이었기 때문이다.

"오, 오지 마! 말랑아!"

채령은 꺄~ 꺄~ 소리를 지르면서 자신에게 다가오는 하르건다함을 채찍으로 강타했다.

나름 후려치기라는 스킬도 사용하며 때렸는데 돌아오는 것은 좋아서 더 맞으려 한다는 표정과 행동이었다.

[비켜라. 크르르응…….]

"이 개가… 나의 즐거움을 방해하려 해? 아, 말도 하는군."

두 발로 일어선 말랑이가 하르건다함에게 적대감을 표시했다.

하르건다함은 지금 그냥 놀자는 듯한 행동이었다. 얼마나 강한지, 아니면 약할지 몰랐다.

그러나 지금 하루와 가으하네가 싸우는 모습들을 보고 어느 정도 하르건다함의 힘은 예상이 갔다.

'이대로 가면 당할 수도… 있는데. 어떡하지…….'

둘 중 하나가 빠르게 이기고 도와주는 수밖에 없었다.

"난 특이한 걸 좋아하지. 그리고 그런… 것이라면 꽤나 쓸 만하겠어. 내가 키우는 것도 있으니 말이야."

다시 한 번 씨익 웃으며 하루의 소시지를 보고는 나지막이 크구나 하고 말을 했다.

"주인은… 한 명뿐이다."

"주인? 아, 아… 저기 저 요상한 기술을 쓰는 잔가보군. 그럼 저놈만 죽으면 나에게 오면 되겠네."

슬쩍 하루의 상황을 본 말랑이의 말에 눈치를 챈 하르건다함은 '금방 다시, 때려주게 할 테니. 기다리게'라고 말한 하르건다함은 빠른 속도로 하루가 있는 쪽으로 달려갔다.

그 모습을 보고 채령과 말랑이가 소리쳤다.

"주인님!!"

[주인님!!]

아무리 하루라도 무지막지한 녀석들로 보이는 뱀파이어 두 마리를 상대하긴 어려움이 따를 것이었다.

가서 도와준다면 뭔가 방해만 될 것 같았다. 그러나 채령은 달랐다.

언제든지 목숨을 던질 각오가 되어 있었기에 기다란 채찍을 이용하여 하르건다함의 이동을 봉쇄하려 했다.

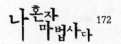

"쥐새끼 같은 녀석!"

다치아는 이를 으득 하고 갈았다. 블링크로 계속 도망치며 불덩어리들로 공격을 하고 있었다.

불덩어리 속도는 피할 만했지만 저 눈앞에서 사라지는 순간이동이 문제였다.

하루는 마법만으로는 견제가 부족했는지 페나테스를 꺼내들었다.

빠른 속도로 다가오는 다치아를 블링크로 다 피하는 건 무리였다.

쿵!

여자 뱀파이어, 다치아의 주먹이 페나테스에 닿자 크게 울렸다.

엄청난 충격! 이대로 위험하다 싶었는지 하루가 블링크로 다시 사라졌다.

"이… 이! 킥!"

블링크로 사라진 하루는 바로 다치아의 뒤에 있었고 뒷목을 친 뒤에 바로 다시 블링크로 사라졌다.

"아 진짜, 싸우러 온 게 아니라니까!! 내 엄마, 엄마를 살려야 하…….."

"닥쳐라. 인가안—!"

"피의 표식! 피와 함께 춤을."

하르건다함이 채령의 공격을 무시한 채 공중에서 붉은

색 피들을 움직였다.

갑자기 두 명이 달려드니 하루가 감당할 수 있을 만한 수준이 아니었다.

'이러다 나도…….'

입술을 질끈 깨물고 바닥에 널린 시체들과 같이 된다는 생각이 들었다.

하루가 페나테스를 집어넣고 토네이도─버스터를 소환한 뒤, 양손으로 날카로운 바람들을 날렸다.

애초에 광역 마법이었기에 피할 수 있을 리가 없었다.

하루의 공격에 순식간에 피하지도 못하고 맞은 다치아와 하르건다함이 짧게 신음을 냈다.

"인간이……!"

"다치아. 지금은 물러나는 것이… 우리와 같은 기술을 쓰는 것도 아니잖아?"

데미지가 꽤나 큰 것을 느끼니 이마에서 땀이 났다. 하루가 다시 마법을 쓸 자세를 하고 있었고 다시 한 번 대치 상태가 되었다.

"우리가…? 우리가 왜 물러나."

"다치아… 늑기에 치료가 먼저…다."

"그게 무슨……?!"

다치아가 하르건다함의 밀에 고개를 돌려 늑기에가 싸움을 벌이던 곳을 봤다.

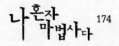

가으하네는 한가롭게 대검을 바닥에 박아놓고 하루 쪽을 보고 있었는데 그 대검 앞에 늑기에가 갈기갈기 상처가 나 있는 상태로 엎어져 있던 것이었다.

"저, 저, 저 자식이 왜 바닥에… 졌어? 진 거야?"

다치아는 믿겨지지 않는다는 표정으로 말했다. 아직 700년 정도밖에 살지 않았지만 인간에게 질 정도가 아니었다.

뱀파이어인 자신들에게 인간은, 인간으로 치자면 새끼 고양이 수준이었다.

물론 총기나 대포 등 요상한 물건들을 들고 있다면 어른 고양이 정도는 되지만 질 정도는 아니었다.

"이상한 기술을 쓰는… 너. 우릴 다시 보게 될 거다."

"아니, 가지 말고 지금 얘기 좀 하자니까요. 저는 엄마를 살려야 하…….."

하루가 말을 하는 도중에 다치아와 하르건다함이 늑기에의 옆으로 갔다.

바닥에 꽂아둔 검을 뽑아서 견제를 하는 가으하네가 하루를 쳐다봤다. 어떻게 할 것인가 의중을 묻는 것이었다.

'후… 계속 싸울 것 같으니까 일단은 보내주는 게… 그래. 뱀파이어라는 종족을 알게 됐으니.'

가으하네를 향해 그냥 보내주라는 듯 고개를 끄덕이고

채령을 쳐다봤다.

그에 채령도 고개를 끄덕이고 바닥에 있는 시체들을 피해 하루에게 갔다.

하르건다함이 늑기에를 어깨에 걸쳐 얹고 사라졌다.

"후… 어디로 가고 있어?"

"계속 어디론가 가고 있어서… 좀 있어야 할 것 같아요."

채령에게는 지영이 남긴 추적 스킬이 있었다. 그렇기에 하루는 그냥 뱀파이어들을 보내준 것이었다.

사실 가으하네와 협공을 한다면 쓰러트리지 못할 게 없었지만 그들이 죽는다면 엄마를 살려낼 수 없을 수도 있었다.

어떻게든 정보를 빼내야만 했다.

"여기… 가까운 곳에 숙소를 잡자. 일단은."

귀족

 세 명의 뱀파이어가 사라지고, 하루와 채령, 가으하네,
말랑이가 어디론가 이동을 한 후에 드디어 긴장이 풀린
나서경 기자가 한숨을 푹 쉬었다.
 "대, 대에에에박!! 읅!"
 나서경 기자는 카메라맨의 손을 붙잡으며 방방 뛰었
다.
 지금 카메라로 전송된 것은 전국 방송에 생중계 됐을
터, 그렇다면 이제 나서경 기자와 카메라맨의 월급은 장
난이 아닐 것이었다.
 아니, 그것보다 이름이 알려지고 일이 더욱 많이 들어

올 터였다.

방방 뛰다가 나서경 기자가 아까부터 참았던 구역질을 했다.

하마터면 이 구역질 때문에 뱀파이어 놈들에게 죽을 뻔했다.

마법사와 뱀파이어가 뭔가 얘기를 나누는 것이 보였지만 소리가 들리지 않아도 괜찮았다. 그저 영상만 있어도 대박이니 말이다.

"저게 말이 돼?"

"와… 엄청 화려…하다."

"혼자서도 레이드하겠는데?"

아니라 다를까 이 하루와 뱀파이어의 싸움 영상을 본 사람들은 각자 놀라워했다.

어떻게 저럴 수가 있으며 왜 저 사람만 저런 스킬이 있나 질투와 부러움 등을 했다.

점점 인기를 떨어트려 가던 마법사의 검색어가 다시 상위권을 전부 차지해버렸다.

몇 천 명에 대한 학살을 중단시킨 영웅!

하루는 그렇게 불리며 사람들의 기억 속에 자리를 잡아갔다.

인터넷과 뉴스에서는 하루에 관한 얘기만 떠드는 것이

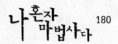

아니었다.

정부, 정부는 뭘 하고 있었는가, 발 빠르게 대응은 하지 못하고 회의만 하면 뭘 하겠는가? 등 욕이란 욕은 바가지로 먹고 있는 것이었다.

그리고 의아한 것이 미국에서 도움을 주겠다. 특전사들을 보내겠다. 연락을 해왔는데 정부에선 그것을 거절했다는 말이 돌기 시작했다.

미국은 역시 선진국인 만큼 몬스터들을 어떻게 잘 처리하고 정상적인 생활이 가능하게 된 것인가?라는 말도 되었다.

"미친… 우리나라 국민이 죽어가는 데 자존심 때문이야! 왜 미국의 도움을 거절하냐!"

"쓰레기 정부, 몰락해가는 한국! 대통령 사퇴하라!!"

"몇 명이 죽었는지 아느냐. 무려 몇 천 명이다! 희생자들의 가족은 제대로 셀 수도 없다! 어떻게 보상할 것이냐!"

청와대 앞과 여기저기 주요 구역에서는 시위와 촛불 시위, 1인 시위 등 시위란 시위는 전부 이뤄졌다.

이번 일로 정부, 대통령은 심기가 매우 불편해져 있었다.

어디서 갑자기 튀어나온 이상한 뱀파이어가 시민들을 학살했고 막지도 못했다.

주변 군대에게 어서 빨리 출발하라고 했지만 애꿎은 짓이었다.

결과는 모두 전멸, 그린벨트에서 훈련을 받지 않은 그냥 일반 군대에서 훈련을 받은 남자들이었지만 어느 정도 싸운다고 보고 받았던 기억이 있었다.

근데 가자마자 바닥에 들어누웠다.

"미치겠군요. 또 저 마법사라는 놈이에요. 뱀파이어를 제압한 것이?"

"우리 나라 이름으로 불러들여서 우리 사람으로 끌어들이는 것이……."

"아니면 원래 우리 사람이라고 은근 슬쩍 언론에 흘리는 것이……."

"사람들이 믿을까요? 저는 아니라고 생각해요. 그렇지만… 이 소란을 조금은 잠재울 수 있겠네요."

대통령은 최소한의 인원만 모인 회의실에서 고개를 끄덕이며 말을 하고 빠르게 준비를 하라고 했다.

'어떻게 하면… 나에게 오게 될까요… 이하루. 마법사 군…….'

다치아는 하르건다함과 늑기에를 데리고 학살을 했던

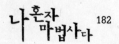

서울에서 멀리 떨어진 곳까지 이동을 했다.

그리고 적당하고 품위에 맞게 고급스러운 저택을 찾아 들어갔다.

인간들을 피하는 것이 좀 자존심이 상했지만 늑기에가 다친 사이 간한 인간들이 무슨 짓을 저지를지 몰랐다.

그렇기에 적당히 고급스럽고 인간들의 모습이 적은 곳을 택한 것이었다.

건물에는 오늘밤 너와나라는 자극적인 간판이 걸려 있고 작게 영어로는 모텔이라고 쓰여 있었다.

"헉! 바, 방금 그……!"

방송을 보고 있던 이국적인 모습을 하고 있는 남성이 피를 흘리고 이상하게 생기고, TV 화면과 번갈아 보던 중에 깜짝 놀랐다.

남성은 왜 뱀파이어가 여기 있는 것이지 생각이 문득 들었다가 이대로라면 죽겠다라는 생각이 들었다.

"최면!"

"…? 네놈이 어째서 우리들의 권능인 '지배'를 쓸 수 있는 것이…지……?"

"이거 놀라운데. 다치아, 일단 이 녀석 좀 갔다 놓고."

"아주 흥미로워, 미치겠어. 이놈들… 지배."

지이잉─

다치아의 눈이 번뜩이고 이국적인 외모의 남성은 로봇

처럼 움직여 남은 방으로 안내를 해준 것이다.

뱀파이어의 권능인 '지배'는 상대방이 자신들의 정신력보다 낮으면 조종할 수 있는 권능이었다.

많은 삶을 살면 살수록 그 힘은 강력했다. 그런데 그런 힘을 이런 구석진 곳의 평범해 보이는 인간 따위가 따라서 쓴다? 아무리 봐도 자신들과 같은 뱀파이어는 아니었다.

"넌… 뭐하는 놈이냐."

늑기에를 침대에 눕혀 놓고 다른 방으로 간 다치아와 하르건다함은 이국적 외모의 남자에게 지배를 풀고 물었다.

다른 인간들과의 생김새는 좀 다르다. 이상한 다른 종족인가? 생각도 했으나 그는 인간이었다. 확실한 인간.

"전… 저는 인간입니다. 이름, 이름은……."

"누가 네놈 따위 이름을 궁금해 할 것 같으냐? 그 능력. 우리 권능을 어찌 네놈이 쓸 수 있는 것이냐?"

"그, 그것은!"

이국적 외모의 남성은 다급히 입을 열었다. 여기서 말을 잘못한다면 필히 죽을 것이다.

최면이라는 스킬 말고는 쓸 수 있는 것도 한정적이고 이들은 자신의 스킬에 걸리지도 않았다.

무엇보다 TV에서 본 그 강한 마법사와의 싸움에서도

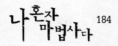

엄청난 실력을 보여줬다.

"자고 일어나 보니 어느 순간 생겼습니다. 인간들을 조종할 수 있습니다. 분명 제가 어딘가에 잘 쓰일 것입니다! 살려만 주시면……!"

"큭… 큭큭큭. 아, 이 인간 맘에 드는데?"

"그러네. 말을 하는 표정과 목소리를 보니 거짓 같이는 안 보이는군."

이국적 외모의 남성은 둘에게 말을 하고는 고개를 한쪽 무릎을 꿇었다.

충성을 하겠다는 의미, 그것에 다치아와 하르건다함은 만족하는 표정이었다.

"정말 그냥 우리들의 권능이 생겼다라… 흠."

"다른 인간 놈들도 마찬가지란 건가… 아직 그렇게 확신을 할 순 없다."

"천천히 확인해 보면 되겠지. 너무 성급히 행동했어. 아버지가 말한 것처럼 우아하고 품위 있게 정보를 모아야겠다. 그래, 이름은 뭐냐, 인간."

다치아는 침대 위에 앉아서 다리를 꼬며 이국적 외모의 남성을 불렀다.

남성은 한숨 돌리며 살 수 있겠다라고 생각했다. 이 상황만 벗어나면 어디든 도망가서 다시 살 수도 있겠다라는 생각이었다.

언뜻 보니 예의 있는 것을 좋아하나 보다. 이국적 외모의 남성은 경건한 표정으로 고개를 숙이며 입을 열었다.

"라베입니다. 주인님."

그는 숨어 지냈던 라베였다.

이미 이곳에 온 지도 꽤 되었다. 등잔 밑이 어둡다라는 한국의 속담을 활용해서 ∀의 지부와 가깝지만 멀고 눈에 띄지 않는 곳, 먹을 것과 잘 곳을 해결할 수 있을 만한 곳 등.

여러 가지 방법을 종합해 본 결과 이곳이 제일 괜찮은 장소였다.

'여기서 빠져나가면 또 어디로 가서 숨어야 하지……'

아무에게도 걸리지 않는 곳으로 가야 했다. ∀와 이하루, 그리고 이젠 뱀파이어 놈들까지.

"라베. 그래, 부르기 좋은 어감이군. 힘을… 좀 나눠주지. 그래야 일을 하기 편할 테니."

다치아가 라베의 손등에 상처를 냈다. 그리고 조금의 피가 허공에 떠오르고 공중에서 흩어졌다. 그리고 라베에게 들려오는 알림음.

─뱀파이어 종족의 '아르고이다 마 다치아'와 계약을 했습니다. 주종관계이며, 주인인 '아르고이다 마 다치아'에게 배반이 되는 행동을 하고 걸릴 시 사망합니다.

─계약 보상으로 '최면' 스킬이 '지배' 스킬로 변경이 됩

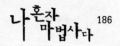

니다. 체력이 2,000 상승합니다.

　―레벨이 10 상승했습니다. 스텟을 분배해주세요.

　―스킬 '블러드 드레인(하급)'을 습득하였습니다.

　들려오는 알림음에 라베는 입을 떡 벌렸다. 계약을 통한 많은 능력과 스킬이 생겼다. 그러나 문제는 그것만이 아니었다.

　배반되는 행동을 할 시에는 사망한다는 것이었다. 즉, 쭉 생각하고 있는 도망치는 행동은 불가능하다는 말이었다.

　그리고 행동을 잘못하기라도 하면 지금 본 이 성격에 가만히 있을 리가 없었다.

　'하… 조국으로 돌아가고 싶다. 고향…….'

　찔끔 눈물이 나오며 갑자기 두루 잘 놀았던 친구들과 미국의 여러 사람들이 생각났다.

　라베, 그는 원래 좀 조용해지면 이곳을 떠나려 했다. 한국에서 사는 것? 입맛도 그렇고 별로 맞지 않았다.

　어느 사람 아래 있는 것도 싫었다. 죽기보다 싫었는데 어느 정도 자리가 되니까 한국에서 주인 놈이 시키는 일을 해왔던 것이다.

남 부리는 일을 좋아했기에 그 성격이 반영되어 '최면'이라는 스킬도 생긴 것 같았다.

그런데 지금 이 상황은 너무나 좋지 않았다.

"계속, 그래. 으흠… 역시 인간들의 그 안마라는 것이 시원하긴 하군."

라베가 다치아의 어깨를 침대 위에서 꾹꾹 눌러주며 마사지를 해주고 있었다.

아, 아 하고 기분 좋은 소리를 내는 다치아의 소리를 누군가 잘못 들으면 오해할 만한 상황이었다.

"그 녀석 이름이 이하루…라고 했던가? 마법이라고. 그 이상한 힘이?"

"네. 무척 강합니다. 다수에게도 강하고 소수에게도… 아, 물론 다치아 님에게는 상대가 안 되죠!"

라베는 적당히 대꾸를 해주며 다치아의 비위를 맞췄다.

늑기에는 지금 회복 중이고, 하르건다함은 라베에게 그다지 관심이 없어서 뭐 시킬 것이 없다면 되도록 부르지 않았다.

다치아가 제일 먼저 물어본 것이 하루에 관한 것이었는데 그나마 제일 잘 아는 문제여서 성실히 답을 해주었다.

어찌 보면 지금 출국 금지도 먹고 이곳에서 이런 짓이나 하고 있는 것이 전부 하루의 탓이라고 생각했기에 가

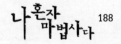

188

능하다면 이들이 자기 대신 복수를 해줬으면 좋겠다라고 생각했다.

"그렇지. 내가 인간 따위에게 질 수가 없지."

'아마 전투가 계속됐다면… 장담 못한다.'

다치아는 라베와 얘길 하며 계속 이런 생각이었다. 맞부딪쳤을 때, 자신을 공격하던 불덩이와 바람은 결코 만만한 것이 아니었다.

아버지와 비교했을 때 좀 떨어지긴 하지만 그것만으로도 이미 인간의 범주를 벗어난 것이었다.

그리고 그와 같이 왔던 더러운 어둠, 그놈은 자세히 전투하는 것을 지켜보지 않아서 몰랐지만 늑기에가 당할 정도라면 분명 그 힘은 강했다.

'마법… 마법. 고서에서 보던 연금술이라는 것과 비슷한 건가.'

어느 정도 인간 세계에 대해서 공부를 했으나 마법에 대해서는 처음 들어보는 것이었다.

놀이 중에서는 마술이라는 마법과 어감이 비슷한 것이 있었으나 그것은 아니라 했다.

"야. 가서 피 좀 가져와."

"네……?"

"피! 싱싱한 걸로, 동물 피 가져오면 대신 네 목을 딸 테니까."

"어, 어디서……."

"알아서 해. 안 가? 어쭈?"

울상을 지으며 밖으로 떠밀려가듯 나가는 라베였다. 다치아의 방에서 문을 열고 나오는 소리가 들렸는지 옆방에서 하르건다함이 부른다.

'으아아아아!'

소리 내서 지르고 싶은 비명을 마음속으로 마음껏 발산하는 라베였다.

근처 지낼 곳을 찾다가 아무래도 그냥 집에 갔다가 오는 것도 나쁘지 않은 것 같아서 집으로 돌아왔다.

하루는 채령에게 뱀파이어들이 있는 곳에 대한 정보를 미리 들었다.

인터넷으로 찾아보니 사람이 별로 다니지도 않는 곳이라고 했다.

가야 할까 말아야 할까 고민이었다. 저들이 문제를 일으키고 있진 않았지만… 아니, 그런 문제와는 상관없이 엄마를 살리기 위해 만나야 했다.

벌써 이틀이 지났다. 혹시 다른 이상한 곳으로 가진 않을까 심히 걱정이 되었지만 꾹 참았다. 저들이 생각할 시

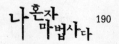

간은 주자는 게 하루의 생각이었다.

"가볼까. 엄마를 살리기 위해······."

"주인님, 근데 왜 뱀파이어가 여기 인간들 사는 곳으로 온 거예요? 애초에 세 명만 있는 것도 아니고······."

"음······?"

말랑이를 쓰다듬고 있는 채령의 말에 하루는 곰곰이 생각했다.

세 명, 뱀파이어 종족이 셋은 아닐 것이다. 엄마에 아빠에 가족 친척 등을 합하면 더 많을 것이다.

지능도 있고 말하고 생각도 할 수 있는데 이들만 한국이란 곳에서 날뛰고 있다.

'뱀파이어··· 피··· 피··· 체력··· 스···킬?'

처음 봤을 때부터 유독 능력, 기술에 관한 얘기가 많았다.

그리고 뱀파이어들은 피를 매개체로 싸웠다. 피는 체력과 마찬가지, 인간들도 게임화가 된 이후로는 그러한 스킬들을 쓴다. 체력을 매개체로 말이다.

그것에 대한 정보를 알아내기 위해 그냥 세 명의 뱀파이어만 이곳에 왔다면 말이 맞았다.

"더욱더 만나봐야겠는데?"

하루는 얘기를 나누며 정보들을 알려주고, 도움이 될 만한 정보들을 알려준다면 혹시 호감이 생겨서 엄마를 뱀파이어로 만들어 줄 수도 있겠다라고 생각을 했다.

떠날 준비… 아니, 갈 준비는 바로 됐다. 그저 몸만 가면 됐었다.

"채령이랑 말랑이는 여기 있어."

"같이 갈 거예요!"

"안 돼. 저번처럼 또 당할 수도 있잖아! 가서 잘못되기라도 한다면… 안 돼."

강한 뱀파이어와 싸움이라도 다시 난다면 도움이 되는 것은 가으하네뿐이었다.

하루는 일어서려는 채령과 말랑이를 다시 소파에 앉혔다.

아무런 변명이니 따라갈 수 있는 구실을 만들 수가 없었다.

"가으하네."

"가지."

하루와 가으하네는 집 문을 열었다. 그러나 하루는 갑자기 커다란 무엇인가가 있다는 것에 놀라 바로 블링크로 빠지고 전투태세에 들어갔다.

스으으―

다시 닫혔던 문이 열리고 그 정체가 드러났다. 여러 명의 사람… 아니, 친구들이었다.

"아오… 아파라… 이하루우!"

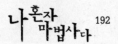

"여~ 이하루 이시키."

문에 부딪힌 건 다름 아닌 유정이었다. 아파하는 표정이 꽤나 괴로워 보였다.

하루는 왜 이들이 여기 왔을까 생각하며 저도 모르기 뒷걸음질 쳤다.

"너희들이 여긴 무슨 일로……."

"이 멍청이 시키! 어디 가!"

"가지 말라고 하면 더 가는 게 남자의 심리지. 역시 하루는 남자야."

"화려하던데? 역시 게임은 법사였어."

유정을 비롯해 창수와 태호, 희찬 등이 마치 하루의 집을 자신의 집인 것처럼 신발을 벗고 들어왔다.

너무나 자연스러웠다. 그리고 하루는 그것을 보고 있을 수밖에 없었다.

"뱀파이어한테 왜 가. 그 위험한 데를! 와… 그리고, 너희들은 내심 가길 원한 거였어?"

"음… 갈까 안 갈까 내기를 걸었달까, 물론 전부 간다에 걸어서 이익은 없지만."

하루의 성격을 너무나 잘 알고 있는 친구들이었기에 할 수 있는 일이었다.

말린다고 밀려도 말을 듣지 않는 것도 있었고 말이다. 그리고 남자들은 모험을 좋아한다.

그렇기에 하루가 뉴스에서 난리치는 뱀파이어에게 간다고 걸은 것이었다.

"니들! 이하루! 그러니까 남자 놈들이 빨리 죽는다는 거야. 얼마나 걱정을 했는데……."

유정은 울먹이는 표정으로 하루를 째려봤다. 좀 마음이 약해지는 하루였지만 지금은 결심을 한데로 뱀파이어에게 가야 했다.

"걱정… 시켜서 미안한데. 그 뱀파이어, 또 보러 갈 거야."

"뭐?!"

하루의 말에 유정은 진심으로 놀란 듯 소리쳤다. 유정도 그 생방송되는 뉴스를 봤다.

화려한 마법과 움직임으로 하루가 밀어붙이고 있었지만 쉬운 상대가 아니라는 것을 알았다.

그걸 느꼈기에 중간에 창을 소환한 모습도 봤지만 말이다.

인터넷과 카톡에서 몇 없는 여자친구들이 말하기로는 뱀파이어들이 꽁지 빠지게 못 이길 것 같으니까 도망간다고 말을 하고 있었지만 유정의 눈에는 그게 아니었다.

"가지 마. 또 뭐하러 가는 건데! 지금 이렇게 조용하기만 한데!"

"가야 돼. 엄마를 살려야 하니까, 그 답을 알 수도 있는

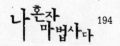
194

게 뱀파이어니까…….”

친구들은 하루의 엄마에 관한 얘기를 들었다. 소문으로
도 들었었고 직접 하루와 만나고 나서도 커피숍에서 들
었다.

자신의 부모님이 그런 일을 당했으면 어떡하겠는가?
친구들은 하루의 행동을 이해하고 있던 것이었다.

“유정아. 고마워, 고마운데… 난 가봐야겠어.”

하루는 아무 말도 하지 못하고 가만히 있는 유정의 얼
굴 가까이 다가가서 말을 한 후에 가우하네와 함께 집을
나섰다.

“죽지 마라. 이시키야.”

“뱀파이어 전리품 나오면 구경 좀 시켜줘라. 크큭.”

“그… 여자 뱀파이어는 펫으로 만들어 오는 게 어따 몸
이… 아주…….”

하루의 남자 친구들은 각자 웃으며 말을 했다. 장난기
있고 말이 안 되는 말도 있었지만 그 말 하나하나가 긴장
이 풀리고, 죽지 말라는 말이었다.

하루도 그 말들에 고마운 듯 웃으며 말했다.

“갔다 오면 좋은 데 한 번 가자.”

친구들은 하루의 밀에 오오오! 하며 탄성을 질렀다. 그
좋은 곳이 자신들이 생각하는 그 좋은 곳인 줄 알고 좋아
했지만 하루는 전혀 다른 곳을 생각하고 있었다.

'놀이동산이나… 산이나 아니면… 흠… 어딜 가지. 아 직도 놀이동산은 하나……?'

여러 생각을 하며 택시를 타고 채령이 알려준 그곳으로 향했다.

도착을 하고 나서 택시 아저씨의 핸드폰을 빌려서 전화 로 주민들 대피를 시키라고 했다.

싸움이라도 날 수 있으니까 혹시 싸움에 휘말려 사람들 이 죽는 피해를 줄이려는 행동이었다.

이쪽 구청에서 알았다고는 했지만 믿을지 믿지 않을지 는 몰랐다.

"들어가 볼까."

하루는 심호흡을 한 번 크게 들이쉬고 모텔로 들어갔 다. 그리고 익숙한 모습이 보였다.

"…라…베?"

"네놈이 어, 어떻게!"

모텔 로비에서 제일 처음 보인 것은 하루를 따라다니고 괴롭히던 라베였다.

지금은 그냥 하루에 비하면 최약체 초식 동물이었지만 말이다.

라베는 안색이 하얗게 질렸다. 왜 저 자식이 여기에 있 을 수가 있지… 아니, 오면 안 되는 곳이 여기였다.

만나지도 말아야 할 사람이 이하루 이놈이었다. 하필이

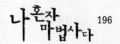

면 이럴 때 찾아오다니 요즘 따라 왜 이리 되는 일이 없는가, 정말로 하나님은 자신을 버리셨나 생각했다.

뱀파이어 세 마리가 하필이면 늑기에의 몸이 거의 다 회복되었다며 몸을 실험하기 위해 나간다 하고 나갔다.

또다시 이틀 전처럼 인간 사냥을 간다는 뜻이었나, 생각도 했지만 생각하면 뭐하는가 자신이 죽는 것도 아니고 어떻게 할 수 있는 것도 아니고 말이다.

"라베. 이 개자식……!"

"이하루, 네놈이 여길 어떻게 알고…….."

"또 네놈이야? 그래. 그랬어. 뱀파이어도 ∀의 짓이었나? 그 많은 사람들을!"

하루의 얼굴이 무섭고 돌변했다. ∀나 라베를 찾아서 아선의 가족에 관한 행방을 묻고 아선의 가족을 찾으려던 계획이었다.

그런데 갑자기 사라져서 찾지도 못했는데 때마침 앞에 떡하니 나타나 준 것이다.

"아선, 아선 아저씨의 가족은 어디 있어! 설마 죽인 것은…….."

'내가 아직도 ∀라고 알고 있어. 떠넘기기… 좋지.'

라베는 씨익− 웃으며 하루에게 다가갔다.

"계속 여기 있어도… 되려나? 뱀파이어. 여기엔 없는데 말이야…….."

"⋯⋯?"

하루는 라베가 말하는 것이 무엇을 의도하는지 빠르게 파악하기 시작했다.

이곳에 없다. 그렇다는 것은 뱀파이어가 인간 사냥을 나갔다. 와도 같은 말이었다.

"이⋯ 이⋯ 개자식! 파이어─버스⋯⋯!"

"워어어! 날 죽이면 아선이라는 놈의 가족은 못 찾을 텐데⋯⋯?!"

마법을 시전하려는 걸 알게 된 라베는 다급히 말했다. 하루는 당장이라도 불덩이를 날려 보내고 싶었다.

하지만 아선의 가족이 걸렸다. 지금 어디에서 무엇을 하며 어떤 취급을 당하고 있을까, 아니면 살아 있나 죽었나도 확인하지 못했다.

하루는 가으하네를 툭툭 치고 뒤로 빠지며 여기서 꼼짝 말고 있으라 말을 했다.

'또 사람들을⋯ 이 뱀파이어 새끼들!'

모텔을 빠져나가며 속으로 욕짓거리를 내뱉었다. 그들이 날뛴다면 또 이틀 전과 같은 상황이 나온다. 그것만은 막아야 했다.

"뭐야. 왜 이렇게 조용해."

"인간들이 별로 다니지 않는 곳이라는 말은 들었지만⋯⋯."

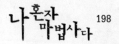

"마치 먼저 도망친 것 같군……."

입구에서 세 명의 목소리가 들렸다. 다시 되돌아오고 있는 뱀파이어들이었다.

모텔에서 딱 나오던 하루와 마주치게 된 것이다. 전부 전투 준비를 바로 했지만 달려들거나 하진 않았다.

늦기에는 가으하네를 슬슬 피하고 있을 뿐이었다.

"네놈이 여길 어떻게 알고!!"

"저는… 얘기를 하고 싶을 뿐입니다. 그쪽 뱀파이어분들이 알고 싶어 하는 것도 알려드릴 수 있고요."

하루는 등을 돌렸다. 뱀파이어들에게 일단 믿음을 주고 싶어서 한 행동이었다.

그리고 부랴부랴 일단 여기만은 뜨려던 라베를 눈짓으로만 봤다.

가으하네가 등을 돌리는 하루와 뱀파이어를 번갈아 쳐다봤다.

마찬가지로 가으하네도 등을 돌려 하루의 뒤를 따랐다.

기사로서 적에게 등을 보이는 것은 멍청하고 있을 수도 없는 일이었으나 저들은 약했다.

잠시라고 살기를 들어내며 공격하려고 하면 바로 검을 빼내서 공격할 수 있게 검에 손을 올려두었다.

다치아와 하르건다함, 늦기에는 서로 눈치만 보다가 하

루를 따라갔다.

"인간의 뒤를 따라가다니, 참⋯⋯."

"냉정하게 우리 할 일만 하면 되는 거다. 뭔가 얘기를 해준다 하니 들어볼 수밖에."

다치아가 냉정하게 말했다. 차분한 모습이었다. 원래 이게 그녀의 성격이었다.

'제일 화내던 게 누군데!'

'나이 때문에 발끈한 걸 모를 것 같나!'

너무 흥분을 해서 공격을 하던 이틀 전이 생각났다. 그런 자신을 잊고 지금 하르건다함의 말에 저렇게 받아치니까 두 남자 뱀파이어는 황당한 표정을 짓는 것이다.

하루는 제일 가까운 곳의 방을 들어갔다. 모텔 방은 전등은 붉은 빛이어서 무척이나 분위기가 있었다.

처음 오는 곳이라서 신기했지만 하루는 얘기를 하러 온 것이라 들어오는 뱀파이어들을 바라봤다.

방 자체가 좀 넓었기에 다 들어오는 데 좁은 감은 없었다.

하루는 의자에 앉고, 들어온 뱀파이어들은 침대 위에 앉았다. 의자가 부족한 탓이었다.

"일단 제 이름은 이하루. 마법사입니다."

"그건 알 것 없다. 이미 저 문밖에 서 있는 놈에게 들었다."

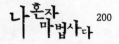

나 혼자
마법사다

다치아는 단번에 꿰고 있었다. 라베가 문 밖에서 거친 숨소리를 내며 엿듣고 있다는 것을 말이다.

보통 모텔들은 방음이 잘 안 됐기에 옆에서 이런저런 짓을 해도 소리가 잘 흘러나왔다.

"하아… 라베. 후! 그럼 얘기를 계속하시죠. 일단 세 분이 이곳에 온 것이 피… 그니까 뱀파이어가 써야 할 능력을 인간들이 전부 쓰고 있다… 어떻게 그리되었는가 알아보러 온 건가요."

"……."

물어보지도 않았었는데 어떻게 이리 잘 대답을 하지? 하고 생각한 뱀파이어들은 말이 없었다. 그리고 가만히 있다가 다치아가 입을 열었다.

"그래, 우리는 피를 사용하고 먹고 사는 뱀파이어 종족이다. 너희들이 모르는 곳에서 조용히 살든가 인간들 가까이 있는 동굴에서 박쥐로 변하여 유희를 즐기고 살지. 그런데 갑자기 인간들이 우리의 기술을 사용했다. 감히 귀족의 권능을!!"

"그래서, 일단은 세 분을 보낸 것이구요… 일단 그것에 대해 알려드리자면 어느 날 갑자기 생겼습니다. 뱀파이어의 권능을 사용하는 것이 아니라 우리는 마치 게임, 그니까 인간들이 즐겨하는 오락이 현실로 된 겁니다. 그 게임에는 스킬 같은 것이 있는데 인간들은 생명력, 생명으로 그것을 사용하는 것입니다. 피와 생명력… 같죠."

뱀파이어들은 이놈이 지금 무슨 말을 하는 건가 하는 표정으로 하루를 쳐다봤다.

이해가 안 되는 것이, 인간들은 게임이라 하면 뭐가 어떻고, 어떻고 알 수가 있었는데 그걸 모르는 뱀파이어들은 이해가 되질 않는 것이었다.

"그니까, 피를 사용하는 건 맞지만. 전혀 다른 것입니다. 뱀파이어분들의 그 권능이라는 것을 우리가 사용하는 게 아닙니다."

"그들은 분명 피를 사용한다. 피를 이용한 공격을 하는 인간들이 있다. 그런데 왜 자꾸 아니라고 하는 거지?"

"네놈이 말한 생명력이라는 것도 피다. 피가 없으면 생명을 잃지."

뱀파이어들이 반박을 하고 나섰다. 결국엔 그게 그거, 같은 말이 아니냐는 것이었다. 아니라고 계속 말을 했지만 이들은 듣질 않았다.

"우리가 알고자 하던 건 그것뿐이었다."

"일단 보고를 해야겠군. 네놈… 다음엔 우리가 오지 않을 수도 있다. 인간 놈들 때문에 우리 위대한 귀족들이 움직이는 건… 기분이 좋지 않다."

"인간 놈들이 멸종할 수도 있겠군."

셋은 일어났다. 이제 이곳에 있을 이유가 없었다.

하루는 다급해졌다. 셋을 이대로 보낸다면 또 언제 만날지, 이렇게 얘기를 나눌 수 있을지 없을지도 몰랐다.

"잠시만! 알아낼 것을 알아내셨으니 이제 제 부탁을 들어주세요. 제 어머니, 어머니를……!"

엄마를 인벤토리에서 꺼냈다. 하루는 굳게 믿고 있었다. 이들이 엄마를 살릴 수 있을 것이라고 말이다.

얼음 속에 창백히 있는 하루의 엄마를 보고서 셋은 각자 인상을 찌푸렸다.

"엄…마…? 엄마라 했나."

"거의 다 죽은 사람을 우리에게 뭐 어쩌라는 건가. 뱀파이어로 만들어달라고? 크큭. 그전에 죽을 거다. 100%."

"아니죠? 살릴 수 있잖아요. 피를 다루는 종족이라며!"

쯧쯧 혀를 차는 모습에 하루는 설마 그럴 리가 없다면서 계속 매달렸다. 그러나 셋의 표정은 일관적이었다.

"좋게 보내드리는 것도 좋은 선택이다. 그리고… 뱀파이어로 우리가 거두기 위해선 80%의 피를 우리가 취한다. 20%로 살 수 있을지 없을지는 미지수. 도박이다."

"귀족은… 너희가 생각하는 만큼 좋은 자들이 아니다. 고귀하고, 더 많은 것을 취하려 하지. 인간들도 마찬가지일 텐데."

하루가 입술을 꽉 깨물고 세 뱀파이어의 뒷모습을 바라볼 수밖에 없었다.

엄마를 살릴 수 없다. 80%는커녕 조금의 피라도 빠진다면 엄마는 이 세상 사람이 아니게 된다.

'젠장. 젠장. 젠자아아앙……!'

천곡 동굴

하루는 생각하기 시작했다. 뒤돌아 떠나려는 저 세 마리의 뱀파이어를 잡으면 무엇이 나올까, 혹시 어떤 아이템이라도 떨어지지 않을까? 엄마를 살릴 수 있는 그런 아이템 말이다.

"가으하네."

"……?"

페나테스까지 소환을 해서 일어서는 하루를 보고 가으하네는 의아한 눈빛을 보냈다.

하루의 기운이 사뭇 달라졌기 때문이다.

"죽인다. 세 마리 전부 다."

말을 하고 바로 방 밖으로 블링크를 하는 하루, 갑자기
나타난 하루의 모습에 세 뱀파이어는 긴장했다.

모든 전투태세를 한 모습이 보였기에 자신들의 눈앞에
나타난 후에 할 행동을 알고 있었다.

"이런, 인간 따위……!"

"라이데인— 라베. 너도 죽어라!"

쿠와아앙!

전기 줄기들이 떨어졌다. 노란색 아름다운 빛, 그러나
그 빛의 위력은 대단했다.

떨어진 전기들은 세 마리 뱀파이어가 피해도 바닥을 흘
러서 어떻게든 데미지를 남겼다.

전기장판인 셈이었다. 계속 내리치는 전기 줄기들을 피
하는 데 모든 행동을 곤두세웠다.

다치아가 벽을 타며 천장에 있는 전등을 모두 깨버렸
다. 시아를 장악하려는 셈이었다.

뱀파이어는 밤의 귀족, 어두운 곳에서도 밝은 아침을
보는 것처럼 볼 수 있었다.

"이 개 같은 인간!"

"아이템, 아이템을 떨궈라!!"

라이데인은 어디까지나 공격을 한다는 의미의 약한 마
법이었다.

라이데인으로 약간의 간(?)을 본 후, 본격적으로 파이

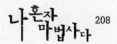

어—버스터를 시전했다.

건물 따위는 신경 쓰지 않는 듯 하루는 생성하는 즉시 뱀파이어들에게 던졌다.

뒤에서 가으하네가 대검을 들고 나왔지만 괜찮았다. 자신의 마법은 같은 편에게는 데미지를 주지 않으니 말이다.

불덩어리가 날아오자 전부 박쥐로 변했다. 순식간에 생기는 수십 마리의 박쥐 떼는 열려 있는 창문으로 밖으로 나갔다.

좁은 건물에서 싸우다가는 별 손도 못 써보고 당할 것 같았다.

밖으로 나가 거리에서 싸워도 달라질지는 몰랐지만 말이다.

"가으하네. 쫓아."

하루의 말에 뱀파이어들 뒤에 있던 가으하네가 대검으로 벽면을 완전히 날려 보냈다.

틈 사이로 전깃줄 타는 냄새와 가스 냄새가 풍겨져 왔다.

하루는 건물이 무너질 기세를 보이기도 전에 블링크로 밖으로 이동했다.

"인간 녀석… 왜 갑자기 공격하는 것이냐!"

셋은 박쥐로 변해서 날아가는 도중에 데미지를 받았는

지 몸을 감싸며 하루에게 물었다.

하루가 왜 공격을 하는 것인지 이해가 가질 않았다. 좀 전까지는 그냥 얘기를 하고 싶다고 말만 하던 녀석이 아니었는가, 특히 다치아가 냉정한 눈으로 하루를 쳐다봤다.

"아이템, 너희들은 좋은 아이템을 떨어트릴 거야. 네임드 몬스터니까."

크큭, 하루가 웃음을 흘렸다. 엄마를 살리려고 이렇게 고생하고 있는데 답이 나오지 않는다.

약간 정신이 이상해진 것이었다.

'셋…으로 될까? 아니야, 저 더러운 어둠이 같이 있는 이상…….'

세 뱀파이어는 하루의 세 방면에 있었다. 협공을 할 수 있는 모습이었지만 하루는 혼자가 아니었다.

가만히 웃고만 있는 하루를 보고 있는 가으하네가 있었다.

저번 싸움과 어느 정도 데미지를 받아본 다치아와 하르건다함은 하루를 절대 얕볼 수 없었다.

"아이테엠—! 죽어서 아이템을 남겨!"

리나지2 클래식 서버에서 노가다를 하는 유저의 외침처럼 하루의 목소리는 간절했다.

'도망간다. 싸우면 진다.'

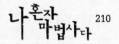

다치아가 둘에게 눈빛을 보냈다. 하루가 마법을 쓸 때쯤 다시 박쥐로 변했다.

불덩이와 전기, 바람 칼날이 한꺼번 날아들었다. 설마 날고 있는 자신들을 따라올 수는 없겠지 하며 최대한 퍼져서 피해를 축소화시켰다.

"크으윽……!"

박쥐로 변한 몸들은 컨트롤하기가 어렵다. 하나둘 박쥐가 떨어져나갔다.

박쥐가 다치는 것은 다시 변신을 하면 살과 뼈가 다치는 것과 같았다.

하루는 도망치는 뱀파이어들을 끈질기게 쫓았다. 많은 양의 마법들을 쏘아냈지만 빠르게 하늘을 날아 사라지는 뱀파이어들을 쫓을 순 없었다.

"으아아아아!!"

플라이로 쫓으려 해봤자 날 수 있는 시간은 몇 초가 전부, 짜증이 났다.

날뛰는 하루의 마법에 주변 건물들이 무너졌다. 멀리서 본다면 누군가와 싸우는 것처럼 보일 것이다.

분노가 어느정도 풀릴 때까지 하루는 날뛰며 주변을 초토화시켰다.

가으하네는 그 모습을 보고만 있을 뿐이었다. 결국 얻은 게 없었다.

"으하아… 큭. 크음……."

거의 무너진 호텔의 구석에서 다리가 돌덩어리에 깔린 라베의 모습이 보였다.

하루가 나타나서 공격을 날릴 때 뒤도 안 돌아보고 피한 라베였다.

엄청난 데미지에 체력의 거의 바닥, 하루의 공격에 뚫린 공간으로 잽싸게 들어가서 제발 살 수 있게 해 달라 기도를 했다.

그에 뱀파이어는 밖으로 날아갔고 더 이상 호텔에 마법이 난사되지는 않았지만 가으하네가 휘두른 검 때문에 건물이 무너지기 시작했다.

아무것도 보이지 않고 발에 돌덩어리가 앉아 있었지만 그래도 라베는 웃음을 지었다.

"살았다… 살았다……."

홍대 길거리, 검은색 바탕에 하얀색으로 ∀ 문양이 그려진 옷을 입은 자들이 나타났다.

사람들은 지나가면서 그냥 쓱 볼 뿐이었다. 요즘에는 저런 복장을 하고 다니는 사람들이 한둘이 아니니깐 말이다.

금요일이기 때문에 홍대에 나타나는 사람들은 더욱 많았고, 무슨 코스프레를 하는 듯 ∀ 문양에 망토를 두르고 있는 자들이 많았다.

그중 한 사람이 손짓을 했다. 철수하라는 뜻이었다. 몇몇이 흩어져서 각자 구역으로 향하기 시작했다.

술집들을 돌아서 뒤쪽으로 가면 사람들의 발길이 그리 닿지 않는 곳들이 나타난다.

∀ 망토를 두른 자들은 개개인으로 구석진 곳을 돌아다녔다.

"이 개자시익—!"

빠른 속도로 구석진 곳에 있는 ∀에게 검을 휘두르는 사람, 그러나 이미 알고 있었다는 듯 표정을 짓고 레이피어를 꺼내 검을 쳐내는 ∀였다.

그리고 흩어졌던 사람들이 하나둘 모여 들었다.

턴에이에게 공격을 감행했던 남성은 어떻게 해야 할지 안절부절못하는 상황이었다.

"꺼, 꺼져어!"

자신의 아버지도 이들에게 당했다. 이유는 모른다. 그냥 평범한 회사원인데 어느 날 찾아와서는 죽이고 가버렸다.

그 때문에 ∀를 본다면 무조건 죽일 것이라 다짐을 했다.

그런데 이런 꼴이다. 안하무인한 표정으로 또 자신의
아버지처럼 자신을 죽일 것이라 생각했다.

"그래. 죽여. 내 아버지처럼 또 죽여 봐! 대신 혼자는
안 간다!"

"저희는 턴에이가 아닙니다. 턴에이를 없애려는 단체,
로벨리아입니다."

"뭐……?"

한 남성이 망토를 벗고 다가갔다. 얼굴을 보니 조준호
였다.

몇 번이고 유한정과 죽을 고비를 넘기고 정부를 향해
화살촉을 항상 겨냥하고 있는 조준호였다.

왜 다른 사람들과 ∀의 문양을 드러내고 돌아다니냐
면, 그 이야기는 대통령의 배신에 복수를 다짐하고 난 뒤
2개월 후로 올라간다.

로벨리아라는 단체를 만들고 정부에 악감정을 지닌 사
람이 없을까 여러 방면으로 정보를 모으고 돌아다니던
차였다.

"정부에 관련된 정보를 얻고 싶다면 연락하시오. 정보
길드 블랙 워크……?"

현대의 게임화가 진행된 후에 사냥과 여러 가지 클레스
가 생겨나면서 사람들 틈에서 자체적으로 만든 것이 바
로 길드였다.

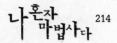

검사 길드, 궁수 길드, 사냥꾼 길드, 레이드 길드 등 그 종류는 많았다.

그런데 그중 어쌔신들로만 구성된 블랙 워커라는 길드에서 명함만 한 쪽지가 날아온 것이었다.

정보를 하나라도 더 얻는다면 나쁠 게 없었기에 유한정은 바로 전화를 하고 만나기로 했다.

"그 정보라는 게……."

"일단 돈부터."

역시 공짜라고는 생각을 하지 않았지만 돈부터 요구를 하니 유한정의 인상이 찌푸러졌다.

유한정은 블랙 워크 길드에서 온 어쌔신의 손에 돈을 올렸다.

짬짬이 사냥틀 하고 전리품을 팔고, 레이드를 뛰면서 번 피 같은 돈들이었다.

만약 이상한 정보라는 생각이 들면 죽어버리겠다는 무시무시한 생각도 하고 있었다.

"자, 그럼 정부에 관한 것을 말씀해드리죠. 현재 마법사라는 사람이 누군가에게 공격을 당했습니다. 아니, 누군가가 공격을 당하고 있는 도중 갑자기 나타난 거죠. 그때 경찰과 턴에이 문양을 옷이나 망토, 바지에 하고 있는 자들이 함께 있었습니다. 그 사람들은 뭘 보려주더니 경찰들이 깍듯이 대했습니다. CCTV 자료는 이 서류 안에 있으며, 그 모습을 볼 때 턴에이는 정부에 관련된 사람들이라는 것을 유추할 수 있습니다.”

유한정은 서류에 들어 있는 자료들과 이야기를 들으며 입이 떡 벌어졌다.

∀라는 조직은 정부와 관련이 있고, 쫓기고 공격당하는 사람들이 있다라는 것이 핵심이었다.

'그렇다면 사람들을 모으는 건… 좀 더 쉬워지지.'

이때부터 ∀ 망토를 제작하고 입고 다니기 시작했다. 그리고 자신을 공격하는 사람들을 모두 포섭하고 다녔던 것이다.

평소에는 다 같이 한정 원정대처럼 돌아다니며 사냥과 레이드를 하고 한가할 때는 동료를 모았다.

모두 한 가지 목표. '턴에이, 그리고 정부의 몰락'을 위해 달리고 있는 것이었기에 단합이 무척이나 잘됐다.

“오늘은 레이드다. 중급 몬스터니까 모두 긴장하고 대기하도록!”

몬스터들 때문이기도 하지만 쓸모가 없어져서 버려진 지하도에 큰 공터가 있었다. 그곳을 사냥하다 발견해서 지금은 로벨리아의 기지로 활용을 하고 있었다.

여전히 리더는 유한정이었다. 옆에서 냉정하고 예리한 판단으로 조준호가 도우며 로벨리아의 예산과 동료들을

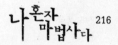

관리했다.

다들 잘 따라주었기에 실력과 여러 활동 금액이 착실히 쌓여갔다.

'아직 부족해. 더 강하고 확실한 실력들이 필요한데……'

유한정과 조준호가 모은 동료들이 약한 건 아니었다. 거대한 호랑이를 얻은 테이머도 있었고 전국 대회에서 상을 받은 태권도 선수나 검도 선수 등도 있었다.

그렇지만 왠지 모르게 불안했다. 느낌, 느낌이 그랬다.

유한정과 조준호는 로벨리아 기지 내에 있는 컴퓨터의 모니터를 응시했다.

요즘 뜨고 있는 동영상, 그리고 그 동영상 안의 인물을 바라봤다.

'이 사람이라면… 많은 도움이 될 텐데.'

블랙 워커에서 준 서류 내용에 있는 마법사, 지금 동영상의 인물을 가리키는 것이었다.

턴에이와 관련이 있을지 없을지 몰랐지만 유한정과 조준호는 관련이 있기를 바랐다.

그래야 같은 편으로 끌어들일 수 있으니 말이다.

하루의 기분은 좀처럼 풀어지지가 않았다. 언데드 몬스터들을 잡아도 웨어울프 칸드라는 코빼기도 보이지 않지, 뱀파이어들은 살릴 수 없다고 도망이나 치지, 되는 일이 하나도 없었다.

집에서 좀 자면 기분이 풀어질까, 하루는 블링크로 사람들이 있는 곳까지 이동한 후에 가으하네와 함께 택시에 몸을 맡겼다.

하루가 자리를 벗어나고 나서 호텔 주변은 한바탕 난리가 났다.

시장의 다급하고 목소리들로 인해 재빨리 지역을 벗어난 주민들이었다.

돌아온 주민들은 처참히 부셔져 있는 자신의 집, 가게들을 바라보며 울며불며 하루를 욕했다.

"싸울 거면 조용히 싸우든가⋯⋯!"

"내 재산들이⋯ 지식한테 물려줄 것도 없는데⋯⋯."

"이, 이걸 누가 보상할 거야. 누가!"

그런 사람들을 보고 아무 피해도 받지 않은 사람들은 손가락질하며 혀를 끌끌 찼다.

생명의 은인한테 못하는 소리가 없다. 인명 피해가 없어서 다행이지 않느냐, 지들도 살라고 피했으면서 누구 탓이냐 등 말이 많았다.

이로 인해 크고 작은 싸움들이 퍼졌다. 마법사의 신상

을 털어서 공개를 하고 이 일에 대한 책임을 져야 한다는 말과 고소를 할 것이다라는 말도 나왔지만 정작 한 사람은 없다.

두려운 것이다. 마법사, 하루를 옹호하는 사람들이 한국 사람들의 80%가 넘는다.

겁 대가리 없이 덤벼들었다간 말 한마디 못해보고 목이 따일 수도 있었다.

갖가지 살인과 범죄들이 일어나고는 있지만 정부를 포함해서 언론 기관들은 입을 다물고 있다.

물론 그런 범죄자들을 잡고는 있지만 지금 이 세상은 무법지대와도 같았다.

"고맙게 살아. 고맙게… 괜히 길가다 칼침 맞는다. 너희."

한 사람이 지나가며 말을 하자 올고불고 마법사 원망을 하던 사람들의 소리가 뚝 그쳤다.

마치 옛날에 울면 호랑이가 잡아간다는 말을 들은 어린아이와도 같았다.

"도착했습니다. 고객……."

택시 기사 아저씨는 하루의 집 앞에 차를 세우고 자고 있던 하루를 깨웠다. 그리고 택시를 감싸는 그림자들에 놀라서 벌벌 떨었다.

정면… 아니, 밖을 보니 검은색 복장을 하고 있는 자들이 수십 명 서 있었다.

복면 대신 입에는 검은색 가죽 마스크를 쓰고 있었으며 손에는 하나같이 날카롭게 갈아놓은 단검을 쥐고 있었다.

딱 보기에 어쌔신의 모습이었다.

하루는 갑옷을 착용하고 있는 상태였기에 그대로 택시에서 내렸다.

가으하네도 이자들이 어떤 위협을 가할지 몰라서 검집에 손을 가져다 댔다.

"뭐지?"

안 그래도 기분이 좋지 않았다. 살기라도 내뿜는다면 바로 죽여 버리고 싶은 심정이었다.

하루의 물음에 어쌔신 하나가 마스크를 내리며 하루에게 다가갔다.

"이하루. 나이… 20세. 유일한 마나 보유자. 마법사. 도움이 될 만한 정보를… 가져왔습니다."

"……?"

하루가 고개를 갸웃거리자 어쌔신은 들고 있던 서류를 하루에게 건넸다.

서류 표면에는 블랙 워커라고 상표처럼 쓰여 있었다.

"언데드를 찾고… 있는 걸로 알고 있습니다. 무슨 이유에서인지는 모르겠지만 말리죠."

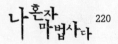

"누군데 그걸 알고 있지? 이건 뭐고."

지영과 아선 외에는 말한 사람이 없었다. 스토커 짓을 하지 않고는 모르는 사실이었다.

공격적으로 눈빛이 돌변하는 하루의 모습에 어쌔신은 한 발짝 물러나며 설명을 했다.

"저희는 어쌔신 길드, 블랙 워커입니다. 정보들을 많이 지니고 있죠. 그 안에 있는 것은 언데드 몬스터들이 있는 곳입니다. 도움이… 될까 해서 이렇게 찾아왔습니다."

"공짜로 이런 걸 줄 이유가 없을 텐데."

뭔가 바라는 게 있을 것이다. 이 세상에 공짜라는 건 없으니깐 말이다.

하루의 말에 어쌔신은 고개를 끄덕이며 입을 열었다.

"언데드를 그렇게 찾으시는 이유. 그리고 나중에 저희 부탁을 하나 들어주신다면 원하는 정보들도 어느 정도 선에서 제공해 드리겠습니다."

"부탁?"

"마법사. 당신의 힘은 무한하고 강합니다. 상위 1%죠. 그만한 가치를 알고 나중을 위해 아부를 하는 거죠."

피식—

하루가 입꼬리를 말아 올렸다. 미리 아부를 한다라, 왠지 기분이 좋아졌다.

회사 상사들이 부하 직원들이 아부를 하는 것을 알면서

도 함박웃음을 짓는 이유랄까?

부탁 하나 들어주는 것 따위는 괜찮았기에 고개를 끄덕였다.

"언데드를 찾는 이유는… 엄마를 살릴 단서를 얻기 위해서."

굳이 라이프 포스 베슬을 얘기할 필요는 없었다. 이 정도면 잘 알아듣겠지, 생각한 하루는 다른 어쌔신들은 무시한 채 집을 향해 걸어갔다.

"근데, 그걸 말하려고 이 많은 사람들을 데려온 겁니까?"

"하하하. 혹시 모를 상황을 위해서…….."

잠시 고갤 돌려 물은 하루의 말에 어쌔신은 웃으며 대답을 했다.

대답을 하면서도 어쌔신은 오싹했다. 하루의 표정에서 고작 그걸로 날 이길 수 있을까 하는 생각을 읽었기 때문이다.

'무섭다. 마법사, 이하루…….'

서류를 받아든 하루는 집에 도착해서 유정을 비롯해서 친구들에게 잘 갔다 왔다는 문자를 날려주고 바로 식탁

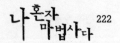

에 앉았다.

밥을 먹는다든가 씻는 것은 나중으로 밀어두고 일단 서류를 개봉했다.

개봉하자마자 표지가 눈에 들어왔다. 발견된 언데드 몬스터 분포 및 장소라고 쓰여 있었다.

앞 장에 있는 것들은 하루가 이미 다녀왔거나 어쌔신들이 확인을 한 결과 약한 축에 드는 언데드 몬스터들이었다.

뒤로 갈수록 중요한 내용이 나올 것이다. 생각한 하루는 빠르게 서류를 넘겼다.

아니, 차라리 뒤에서부터 하나씩 가보자 하는 마음에 맨 뒷장에 있는 곳을 봤다.

'강원도 동해시 천곡동의 천곡 동굴.'

한국에서 유일하게 시내 중심부에 있는 동굴이었다. 총 길이 1,400m의 석회암 수평 동굴.

글을 읽어 내려가는 도중 하루는 놀랐다. 동굴 초반부에 있는 몬스터들은 강한 좀비들이었다. 그게 끝이었다.

더 이상 안에 대한 설명은 없고 들어간 어쌔신 모두 나오지 않았다는 정보였다.

여기서 나오지 않았다는 것은 안에서 모두 죽었다는 뜻이었다.

"모두 죽다니… 뭐가 있기에."

더 읽어 볼 필요도 없었다. 이 정도 강함을 지니고 있다면 분명 웨어울프 칸드라에 대한 단서가 나올 것이라 확신했다.

"내일 떠나야겠네. 또 위험할 거야. 이번에도 가으하네 하고만 간다."

"주인님. 저희는 그럼……."

"집 보고 있어. 아니면 주변 사냥터 가서 레벨을 올리던지……."

하루의 눈빛이 예전 같지 않았다. 따라와 봤자 도움도 되지 않으니 따로 레벨이나 더 올리라는 눈빛이었다.

말랑이와 채령은 그 말에 어떤 말을 할 수도 없이 그냥 있을 수밖에 없었다.

왠지 집 안의 공기가 어색해지는 느낌이었다. 편안하고 아늑해야 될 집이 변하고 있었다.

다음 날이 되고 하루는 아침이 되자마자 일어났다. 늦잠 따위는 자지 않았다. 최소한의 잠만 자고 일어난 것이었다.

채령과 말랑이는 그냥 눈을 감고 있었다. 일어나봤자 눈치만 보이는 것이었다.

부모님이 출근하기만을 기다리는 백수의 마음이랄까, 하루는 부시럭거리며 라면같이 오래 보관할 수 있는 음

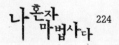

식을 챙겼다.

보통 동굴이라면 많이 춥다. 천연 에어컨이라고도 불리는데 지금 가려는 천곡 동굴도 그러했다.

겉옷과 겨울 옷 하나를 인벤토리에 챙긴 채 가으하네를 데리고 강원도로 향했다.

기차를 타고 주변까지 가서 택시에 탑승했는데 택시 기사가 천곡 동굴로 가자고 하니 기겁을 했다.

그곳은 가지 않을 것이라며 버팅기고 있다가 하루가 그럼 그 주변에라도 내려 달라고 하니 그제야 움직이기 시작했다.

역 주변에는 사람들이 많았다. 웃고 떠드는 친구나 가족들이 보였는데 천곡 동굴 주변으로 향하면서 뭔가 변화가 있는 것이 확 느껴졌다.

"건물들이… 왜 이런 겁니까……?"

"이렇게 된 지 오랩니다. 지옥…이었죠. 여긴. 여기까지가 한계입니다. 더 이상은…….'

이 정도면 거의 폐허라고 해도 됐다. 건물들은 무너졌고 부패하고 있는 고기들과 쓰레기가 나뒹굴었다.

시체는 하나도 없었지만 뭔가 전투가 이뤄진 흔적이 있었다.

하루가 알기로 강원도에 이런 전투가 일어났다는 기사를 본 적도 없었다.

"여기서부턴 저희끼리 가죠."

"손님, 하지만 여긴 위험한⋯⋯."

옆에 있는 흑백의 기사, 가으하네를 봐서 이자가 마법사겠구나 생각을 하고 있었지만 그래도 걱정이 되는 것은 마찬가지였다.

하루는 택시 기사 아저씨의 말에 갑옷을 입고 아무 대답을 하지 않은 채, 지도에 표시되어 있는 천곡 동굴로 향하고 있었다.

삐— 삐— 삑—

"아⋯ 배터리."

어제 충전을 하지 않고 자버린 탓이었다. 핸드폰의 배터리가 거의 다 나가서 보던 지도를 볼 수 없게 되었다.

눈앞에 보이는 것들 중 표지판이 있기는 했다. 다 쓰러져 갔는데 일단 방향은 맞는 것 같아 핸드폰을 끈 채 표지판을 따라갔다.

"위험하다. 갑옷이 차가워지고 있다."

"뭐가? 지금 별로 춥지도 않은데."

가으하네가 뭔가 느꼈는지 위험하다는 소리를 했다. 소드 마스터인 가으하네였고 전투에 대해서는 경험이 하루보다 풍부할 것이다.

그런 가으하네가 위험하다고 미리 알리는 것이면 주변에 그럴 만한 요소가 있을 것이다.

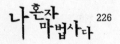

하루는 대수롭게 생각을 하지 않고 있었지만 주변을 경계하고 있었다. 그 증거가 바로 지금 꺼낸 페나테스였다.

"내 기억으론 여기 어딘데. 천곡 동굴."

핸드폰 지도로 확인했던 위치를 다시 생각해내고 있었다.

원래 천곡 동굴은 많은 사람들이 오가는 관광지였기 때문에 길 안내 현수막들이 많았다.

얼마 가지 않아 이상한 기운을 풍기며 약간의 연기를 뿜고 있는 동굴 입구가 들어났다.

왠지 주변이 어두워서 마치 썩은 듯 보였다.

—천곡 동굴의 냉기에 민첩성이 하락합니다.

—천곡 동굴의 알 수 없는 기운 때문에 상태 이상이 발생할 수 있습니다.

"상태 이상이 걸리는데…….."

하루는 신경을 쓰며 천곡 동굴 입구로 향했다.

키야아악!

돌더미 틈에서 두 개의 인영이 나왔다. 가으하네가 재빨리 검을 뽑아서 공격했다.

하루도 반응을 하고 페나테스를 휘둘렀지만 뭔가 닿는 느낌은 없었다.

상대방의 공격에 대한 방어를 성공하였습니다라는 알

림음이 들리고, 자신을 공격한 생명체를 찾았다.

'좀비……?'

키가 좀 작고 영화에 나온 반지하의 제왕에서 등장한 골룸처럼 생겼다.

하루의 생각이 틀리다는 것을 알려주듯 그 골룸의 머리 부분에 빨간색으로 '습격하는 구울'이라고 표시되었다.

'보통 빨간색은 세거나 사람을 죽인 걸로…….'

하루의 게임 지식으로는 그랬다. 자신의 레벨보다 높은 몬스터는 빨간색으로 나오곤 했었다.

사람을 죽인 머더러 상태의 인간이나 몬스터도 같았다.

두 마리 중 한 마리는 이미 가으하네에게 공격을 당했다.

습격하는 구울이 생각보다 빨랐기에 치명상은 주지 못했지만 옆구리를 벨 수는 있었다.

"동굴로 들어가기도 전에……."

하루는 쉽지 않겠다 생각하며 마법을 파이어—버스터를 시전했다.

처음부터 뭐 아낄 필요가 없었다. 있는 힘을 모두 써서라도 이 안을 휘저어 놓겠다 생각했다.

급한 마음도 있었기에 이런 곳에서 시간을 끌 생각도 물론 없었다.

습격하는 구울도 가만히 있지는 않았다. 불덩어리가 날아오는 것을 보고는 피하려 했다.

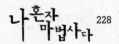

그러나 하루가 파이어—버스터만 시전한 건 아니었다. 손도 함께 휘둘러 댔다.

그와 함께 나아가는 바람은 불덩어리와 합쳐져서 빠르고 커다래졌다.

쿠와아아앙!

바닥에 박힌 것들도 있지만 습격하는 구울도 피하지 못하고 맞았다.

소리가 동굴로 새어 들어가 메아리처럼 퍼졌다. 아마 잠들어 있던 몬스터들이 들었다면 화들짝 깨어났을 것이다.

하루는 습격하는 구울이 죽은 것을 확인하고 동굴로 다시 발을 옮겼다. 주변을 확실히 경계를 하며 말이다.

'갑옷이 아니었다면… 죽었어.'

참으로 다행이라 생각하는 하루였다. 천운으로 마나석을 얻지 못했다면 지금쯤 뭘 어떻게 하고 있을까 생각이 들었다.

그 마나석을 단순히 마나로만 사용하지 않고 장비로 가공한 것은 신의 한 수, 탁월한 선택이었다.

게소 사라나

∀ 서울 지부.

주인님은 비서를 통해 한 가지 보고를 받았다. 그건 바로 누군가 계속해서 턴에이 문양이 쓰여진 망토를 입고 돌아다닌다는 것이었다.

그러나 자신의 ∀가 아니었다. 누군가 이름을 빌려 쓰고 있다는 것을 알았다.

확인만 한다면 전부 나오는 것이었기에 서울 지부 아래에 있는 다른 지부들이 거짓말을 할 이유 따위는 없었다.

이미 한 번 추적해 보라고 명령을 내렸다. 괜히 여기저기 말썽을 부린다면 좋지 않았기에 수습을 미리미리 해

뒤야 했다.

주인님이 전화의 호출 버튼을 눌렀다. 그러자 좀 전에 나간 비서의 목소리가 들려왔다.

"실험은… 어찌 되고 있죠?"

─그게 진행 중이라곤 하지만 아직 특별한 실험 결과는 나오지 않고 있습니다. 아무래도 기간이 별로…….

"세계 최고가 아니지 않나요? 한 번 찾아가 봐야겠어요."

주인님은 신경질적으로 전화를 끊고 앉아 있던 푹신한 가죽 의자에서 일어섰다.

실험실은 중요한 곳이기 때문에 이곳, 서울 지부 바로 아래에 있다.

그럼에도 불구하고 많이 내려가 보지 않은 것은 그곳의 과학자들이 편안히 실험을 할 수 있게끔 하기 위해서였다.

주인님이 방에서 나서자 곧바로 수행원 두 명과 비서가 따라 붙었다.

벽 뒤에 감춰져 있던 엘리베이터를 탑승하고 지하까지 쭉 내려가기 시작했다.

비서의 연락을 받은 실험실의 과학자들은 분주해졌다. 아니, 분주한 척을 했다.

주인님이 내려온다고 해서 보여줄 만한 내용 같은 것이

있질 않기 때문이었다.

어떤 일을 당하게 될지 몰랐다. 갖가지 의문으로 둘러싸인 것이 바로 주인님이었기에 두려움은 배가 되었다.

오기로 한 엘리베이터 문이 열리자 주인님이 보였다. 실험실에 있던 과학자들이 긴장한 표정으로 주인님을 맞이했다.

"어떻게 된 거죠. 이럴 시간에 실험을 해야 하는 거 아닌가요."

불편한 표정으로 과학자들을 맞이하는 주인님이었다. 저번에 왔을 때보다 실험실이 꽉 찬 분위기였다.

줄지어 있는 실험관에는 사람들이 판매한 몬스터들이 들어 있었다.

물론 죽어 있거나 생명만 어찌저찌해서 이어가기만 하는 몬스터들이었다.

그 외에도 해부를 위한 해부실과 여러 가지 장비, 첨단 컴퓨터가 실험실에 구비되어 있었다.

실험을 통해 뭔가를 얻어내려고 많은 돈을 쏟아 부은 것이었다.

"죄송합니다. 시간을 좀 더 주시면 꼭 뭐든……."

주인님의 말에 자신들이 잘못 행동을 하고 있었구나 하서 과학자들의 얼굴이 사색이 되었다.

이렇게 마중 나와서 단체로 맞이하는 것이 아닌 실험을

하고 있던 풍경을 원했던 것이다.

'최고 대학, 최고 대학원, 최고의 스펙! 이런 걸 갖고 눈치나 봐야 한다니…….'

과학자들은 눈물은 머금었다. 아무리 최고라지만 직위 앞에선 그냥 평민이었다.

스펙이나 엄청난 두뇌 따위는 별 필요가 없었다. 오히려 눈치와 발 빠른 행동만이 필요한 것이 현실이었다.

"뭐 나온 게 없어요? 갈피를 잡았다고는 하지 않았나요."

"그게… 이상한 물질들이 나오기는 했지만 어디에서부터 왔고 어떤 물질인지 확실치 않아서 조심히 실험을 진행 중입니다."

"혹시, 돌연변이를 만든 원인이라 생각해서 그리 천천히 진행을 하는 건가요. 그럼 실망인데요. 실험체들은 얼마든지 구할 수가 있는데요……."

주인님은 말투가 제일 무서웠다. 평범한 듯하면서 걸쭉하고 날카롭게 쏘는 듯한 존댓말 같지 않은 존댓말, 주인님이 인상을 찌푸리니 과학자들이 고개를 푹 숙였다.

"제대로 실험을 하겠습니다. 흰 쥐나 동물에게……."

"요즘 동물을 구하기 쉬운 줄 아시나요. 흰색 쥐도 마찬가지고요… 실험체들은 많이 있지 않습니까……?"

주인님이 씨익 웃었다. 그 실험체가 뭘 의미하는 것인

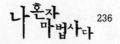

지 알고 있었기 때문이다.

인체실험, 주인님이 원하는 것이었다.

"아니면 제가 직접 해도 좋지만요… 바쁘기도 하지만 여러분의 능력이… 좋은 결과 부탁드릴게요."

소름이 돋는 와중에 주인님은 쓰윽 곁눈질로 실험실을 훑어 본 후에 다시 엘리베이터에 탑승하고 사라졌다.

그제야 과학자들은 몸을 떨며 숨을 들이켰다. 일종의 경고를 하기 위해 직접 주인님이 실험실까지 온 것이었다.

엘리베이터를 타고 올라가면서 주인님은 비서에게 말을 걸었다.

"그 가짜 턴에이, 마주치면 바로 보고하라 전달하세요. 궁금하군요. 어떤 자들인지요."

"네, 알겠습니다."

로벨리아는 다방면으로 하루를 찾고 있었다.

그래서 더욱 몸을 노출 시킬 필요가 있었다. 마법사에게 자신의 모습이 잘 보이게 하기 위해서 말이다.

단체로 레이드를 하기 위해 모였다. 꽤 위험한 몬스터였기에 로벨리아 전체가 나서서 레이드를 해야만 했다.

이미 NO.3를 잡아본 유한정과 조준호에게는 한없이 약해 보였지만 그나마도 어려웠다. 호흡이 예전 같지는 않았기 때문이다.

근접으로는 유한정과 다른 근접 딜러들이 어그로를 끌었다.

물론 안전을 제일 우선으로 하고 원딜들이 치명적인 공격을 담당했다.

근딜들이 어그로만 끌고 위험한 행동을 하지 않으니 언제든지 도망칠 준비가 되어 있었다.

"비싼 놈이다. 확실히 잡아야 돼! 그래도 무리는 하지 마라!"

유한정이 무리해서 공격을 하려는 동료들이 있을 때마다 소리를 지르며 안전에 신경 썼다.

그러나 정작 자신은 다른 근딜러들 보다 수많은 공격을 했다.

"대장이나 신경 쓰시죠!"

멀리서 조준호의 목소리가 들려왔다. 유한정이 움직일 때마다 바빠지는 건 조준호였다.

공격을 감행했을 때 어그로가 갑자기 튀게 되어 공격이 유한정에게 날아오게 되는데 그 공격을 어느 정도 막아야 하는 보조를 해야 했다.

거리가 멀어서 대부분 예측을 해야 하는 상황이라 공격

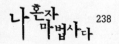

도 하고 보조도 해야 하는 조준호로서는 죽을 맛이었다.

"별로 안 남은 거 같다 힘내라."

레이드 하고 있는 몬스터가 좀 더 날뛰고 있었다. 이러한 상황은 몬스터의 체력이 얼마 없을 경우 나타나는데 이 순간부터는 공격력이 상승하고 좀 민첩해진다.

더 신경을 써야 했지만 얼마 남지 않았다는 것에 기분 좋은 동료들이었다.

"대장. 이 사람들… 뭐…죠……?"

한참 공격을 할 때 동료들 중 한 명이 떨리는 목소리로 말했다.

레이드 중에 다른 일을 한다는 것은 위험한 짓이었다. 자칫 죽을 수도 있는 상황이기 때문이다.

레이드 상황에서 살인마라도 온다면 속수무책이었다.

동료의 목에 칼을 대고 있는 사람들이 다가왔다. 레이드 중이었기에 어쩔 수 없었다.

당장 달려가서 구해주고 싶었지만 얼마 남지 않았다. 몬스터이기 강한 타격 하나라도 입는다면 상황은 더 안 좋아질 수도 있었다.

사람들 중 하나가 전화를 걸었다.

"주인님. 찾았습니다. 어떻게 할까요."

∀의 수장, 주인님과 통화를 하고 있는 것이었다.

동료의 목에 칼을 확인한 들이댄 사람들을 힐끔힐끔 보

는 로벨리아 동료들.

유한정과 조준호는 확실히 봤다. 그리고는 식은땀이 흘렀다.

역시 꼬리가 길면 잡히는 법인가 보다. 아니, 잘된 일일 수도 있다.

'턴에이!'

한 번은 부딪힐 것이라 생각했다. 부딪히면서 조금씩 ∀의 사람들을 죽일 것이라 생각했다.

"네. 네. 네 알겠습니다. 그렇게 처리하겠습니다."

∀의 사람은 전화를 끊었다. 주인님이 지시를 내렸기에 그대로 진행만 하면 됐다.

"음… 대충 다 처리하고 몇 놈만 살려서 오라는 명이다."

말을 하고 아직 레이드를 하고 있는 로벨리아 동료들을 쳐다봤다.

지금 공격해도 사실 별 상관없었지만 몬스터에게 자칫 공격을 받을 수가 있었다.

'안 좋다… 상황이… 제길.'

유한정은 일단 몬스터를 처리하고 보자는 생각이었는데 이미 동료들이 너무 지쳐 있었다.

턴에이의 힘이 얼마나 강한지는 몰랐지만 이대로 싸우는 것은 불리했다.

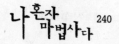

그러나 도망치기에는 잡혀 있는 동료가 있다. 어쩔 수가 없었다. 유한정이 조준호에게 눈치를 줬다.

크어어얽!!

얼마 지나지 않아서 몬스터가 쓰러졌다. 어떤 아이템이 나왔나 궁금하기는 했지만 지금은 기다리고 있던 ∀들이 더 문제였다.

"이제 저 세상 갈 시간이다. 가짜 턴에이 놈들……."

주인님에게 전화를 걸던 남성이 뛰어 들어올 기세였다. 물론 그 뒤에 다른 대원들도 마찬가지였다.

피유우우욱─!

그 순간 화살 하나가 빠르게 날아들었다. 채 반응하지도 못했다. 인질로 동료를 잡고 있는 턴에이에게 화살이 적중했다.

순식간에 당한 터라 ∀는 대응 하나 못했고 어느 정도 눈짓을 주고받던 로벨리아의 행동이 먼저였다.

몸이 자유로워지자 인질로 집혀 있던 동료가 힘껏 뛰었다.

유한정과 조준호의 눈짓으로 지금의 상황이 만들어진 것이었다.

싸우는 것보다 도망치고 나중을 기약하는 것이 옳은 선택이었다.

그것을 알기에 누구 하나 어리둥절하지 않고 로벨리아

는 도망을 쳤다.

"누구를 호구로 아나… 잡아."

"사냥꾼의 덫!"

몇몇이 줄 양쪽에 돌이 묶여 있는 덫을 날렸다. 사냥꾼이 종종 사용하는 도구였다.

도망을 가던 로벨리아 중 세 명 정도가 덫에 걸려 자빠졌다.

빠르게 벗어나려 했지만 그럴 수가 없었다. 거리 차이가 얼마 남지 않았다.

'역시 안 되나… 싸울 수밖에…….'

동료를 버리고 갈 순 없었기에 유한정은 멈춰 섰다. 그건 다른 동료들도 마찬가지, 턴에이와 로벨리아가 서로 대치했다.

"우리 턴에이를 쉽게 생각하면 안 되지."

"턴에이… 정부의 개놈들."

"…뭔가 알고 있나 본데…? 그렇다면 더욱 살려두는 건 안되지. 너희들을 위해 총까지 들고 왔는데……."

씨익—

검은색 권총을 들어서 보여준 ∀ 중 한 명은 유한정이 가소롭다는 듯 웃었다.

"반칙… 아니냐. 턴에이 개자식들……!"

"반칙이라니. 생존을 위해서인데… 반칙이 어디 있

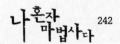

나? 쿡."

이호순, 그는 ∀소속이다. 게임화가 진행되고 ∀의 간부급이 되기 위해 얼마나 노력했는지 직접 경험하지 않았으면 모른다.

치고 올라오는 자들이 있다면 그 어떤 비겁한 수를 써서라도 막고, 처리했다.

은연중에 불리는 별명이 비겁한 콜라였다. 피부가 흑인처럼 검은색이었고 무기도 우연찮게 콜라라는 무기를 사용했다.

콜라라는 무기는 19세기 인도의 구르카라는 족이 사용했던 도다.

도의 끝이 크고 무거웠으며 끝 쪽에 있는 소용돌이 같은 꽃 모양은 부처를 나타낸다고 전해지는 무기였다.

"잘 들어. 죽으면 땡이다. 땡. 뭐해? 갈겨!!"

이호순의 갈기라는 말은 공격하라는 말이었다. 총은 이호순 혼자에게만 있었기 때문이다.

진짜 총을 전부에게 쥐어준다면 자칫해서 잔인한 하극상이 일어날 수도 있었다.

맘에 안 들어서 쏘기라도 하면 끝, 위험했기에 잘 다뤄야 했다.

"힘들지만, 모두… 살자."

"살자아ー!"

로벨리아도 공격해 오는 ∀에게 반격을 할 준비를 했다.

제일 먼저 싸우기 시작한 것은 유한정이었다.

덫에 걸려 넘어진 동료를 지키기 위해서 앞으로 나와 있었기에 좀 더 많은 위험을 감수해야 했다.

"NO.3보다는 약하겠지… 네놈들."

"빨리 벗어나!"

유한정은 덫에 걸린 동료들을 해하려는 ∀들을 향해 검을 휘두르며 말했다.

빠르게 덫을 각자 지닌 검으로 풀고 일어섰다. 그와 함께 어느새 원딜들이 뒤로 흩어져 활시위를 당기고 있었다. 그것은 ∀도 마찬가지, 각자의 적을 노렸다.

크르… 크르으……!!

어디서 이 많은 동물들이 나왔을까, 맹수로 이루어진 동물들이 검이나 단검을 들고 달려오는 ∀에게 적대감을 잔뜩 표현하고 있었다.

"세경, 세연!"

"대장. 다들 힘든데 여긴 우리한테 맡기는 게 어때?"

유한정이 맹수들을 데리고 나타난 세경과 세연을 불렀다.

늑대와 호랑이, 그리고 같은 크기의 커다란 개를 다루는 테이머였는데 로벨리아 내에서도 나름 실력자였다.

남매로 자란 세경과 세연은 태어날 때부터 동물과 함께였다.

강아지부터 시작해서 동물을 좋아하는 부모님의 성향을 많이 받았다.

"대장 오빠, 이 정도는 우리가 막을 수 있지. 다들 바로 도망치는 거다!"

"안 돼, 너희한테 맡길 수만은 없지."

"그러지 말고 가죠. 대장. 세연이 고집 꺾을 수 있을 것 같아요?"

맹수들의 등장에 ∀는 돌진하다 말고 멈칫 했다. 보통 맹수에 대한 공포심이 사람들의 마음에는 자리 잡고 있었기에 어느 정도 대화할 시간 정도는 벌 수가 있었다.

그리고 그 맹수들을 다루는 테이머가 둘이나 되었기에 위험하다는 판단을 한 것이었다.

테이머가 되기는 어렵다. 동물들을 사랑하는 마음을 바탕으로 진심을 나눌 수 있는 자들만 테이머 관련 스킬들이 생겨났다.

'어떻게 해야 되지.'

유한정은 로벨리아의 리더로서 빨리 결정을 내려야만 했다.

눈을 빠르게 돌리고 지금 대치한 이 상황을 보며 상황을 타개할 방법을 모색해야 했다.

그 순간 갑자기 몸이 붕 떴다. 갑옷의 뒷부분을 세경의 호랑이가 물어서 들어 올린 것이었다.

"대장, 빨리 그냥 가는 게 우리 도와주는 겁니다. 지쿠, 대장 저 멀리 던져버려!"

"이세경!"

"세연아, 그럼 우리끼리 복수를 시작 해볼까. 필드—맹수의 초원!"

호랑이의 힘이 장난이 아닌지 세경의 명령으로 유한정을 들어 올린 호랑이는 유한정을 정말 멀리 던져버렸다.

공격적으로 던진 것은 아니었기에 별 데미지가 없었다.

"어, 어딜 가려고!"

타—앙—!

반응을 한 것은 이호순이었다. 싸움이 이뤄지는 도중에 중요한 놈들만 골라서 총질을 하려던 이호순이었는데 그것을 방해 받은 것이었다.

던져진 유한정이 일어나는 타이밍에 맞춰서 이호순이 권총을 들이대고 바로 쏴버렸다.

"크윽!"

허공을 날아간 이호순의 총알은 유한정의 종아리 부근에 박혔다.

그 모습에 동료들이 달려왔고 세경과 세연이 먼저 선공

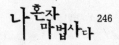

을 시작하며 유한정을 부축해서 도망치는 동료들을 도
왔다.

"꼭 살아라. 세경, 세연!"

유한정 대신 조준호가 둘에게 말을 하고, 따라붙는 ∀
의 몇몇을 원거리에서 견제하며 뒤로 빠졌다.

"금방 따라가 주마, 네놈들!"

멀리서 이호순의 외침이 들려왔고 살점이 뜯기는 소리
와 비명 소리 등도 퍼져서 들려왔다.

천곡 동굴 내부.

가으하네가 나름 몸이 약한 하루의 앞에서 전방으로 나
아갔다.

역시 오래된 동굴이라 그만큼의 냉기를 머금고 있었는
지 안으로 들어가면 갈수록 더욱 추워졌다.

겨울옷을 챙겨오긴 했지만 갑옷 때문에 입지는 못하고
있었지만 갑옷도 나름 살결에 닿는 냉기를 차단해주고
있었다.

넓은 동굴에 하루와 가으하네 단둘이 있으니 더욱 음산
했다. 작은 소리에도 동굴이었기에 잘 들려왔다.

구워어어어…….

"구울이 주 몬스터인가 보네."

동굴 초반을 포함해서 계속해서 구울이 등장하고 있었다.

습격하는 구울만큼은 아니지만 인간 형태의 약간 민첩성을 지니고 힘이 강한 구울들이 등장했다.

원래 구울은 좀비의 진화 단계였다. 좀비보다 신체 능력이 뛰어나고 썩긴 했지만 살가죽이 질겨서 방어력도 꽤 있는 편이었다.

어쨌신들도 구울까지 본 것은 맞는 것 같았다. 계속해서 들어가다 돌아 나온 사람이 없으니 구울까지가 최대로 알 수 있는 정보라고 생각했을 것이다.

예로부터 좀비 류의 몬스터들은 머리가 약점이라고 들어왔다.

그래서인지 하루는 전부 구울들의 머리를 집중 공격했다.

컨트롤을 이용해 바늘이 아니라 실같이 쭉 뽑았다. 하루의 손에서 거미줄처럼 쏘아지는 마나는 그대로 길게 구울들의 머리에 박혔다.

단번에 죽지는 않았다. 거미줄 같은 마나를 잡고서 괴랄한 소리를 내며 하루에게 달려오는 구울들이 있었다.

그런 행동을 가만히 보고 있을 하루가 아니었지만 발빠르게 가으하네가 먼저 나서서 처리를 해나갔다.

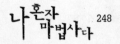

"구울들이 죽인 사람들이… 구울이 된 건가. 그래서 시체가……."

죽여 가는 구울들의 모습은 전부 다 달랐다. 머리부터 발끝까지 옷도 각자 다르게 입고 있었으며 여자, 남자 할 것 없었다.

폐허가 된 도시의 모습을 바라보며 시체가 없다는 것을 알고 의아해 하던 하루였다.

전투로 인해 목숨을 잃은 사람들을 다른 시민들이 와서 다른 곳에 묻었을 것이라 생각을 했었지만 지금 계속 보고 있는 구울들의 모습에서 그 생각이 달라졌다.

"아니다. 이건, 누군가 만든 거다. 이상한 힘이 느껴진다."

"만든 거라고? 무슨 힘인데. 가으하네?"

"다른 힘이 작용했다. 여긴, 기분 나쁜 곳이다."

대검으로 밀려오는 구울들의 목을 베어버린 가으하네가 하루의 중얼거림을 듣고서 말을 했다.

정확히는 알지 못하지만 가으하네도 뭔가 불안한 눈치였다.

투욱.

주변을 둘러보며 걷던 하루의 발에 뭔가 치였다. 발에 치인 것은 '피아노상'이라는 팻말이었다.

아마 이곳 어딘가에 있는 것을 설명하기 위해 만들어

놓은 팻말일 것이라 생각했다.

기다렸다는 듯 하루가 팻말을 손에 들어보이자 피아노 소리가 들려왔다.

띠, 리리리링—리링— 리이이—

하루도 어디선가 들어본 적이 있는 곡이었다. 사람은 연주가 불가능하다고 알려져 있는 '죽음의 왈츠'라는 곡이었다.

그냥 피아노 소리가 들려도 온몸에 소름이 돋았는데 하필 죽음의 왈츠에 동굴의 메아리가 합쳐져서 갑옷을 입고 있는 하루의 피부에 있는 털들이 쭈뼛쭈뼛 전부 섰다.

"어디서 들리는 거야?"

"소리가 울린다. 이런 음산한 기운을 가지고 있는 소리를 듣는 건 처음이다. 날 긴장하게 하다니."

어디서 뭐가 날아오고 달려들지 몰랐다. 투둑, 하고 돌 조각이 하늘에서 떨어졌다.

순간 위를 쳐다본 하루는 블링크로 피할 수밖에 없었다.

무서운 얼굴을 하고 거꾸로 매달려 있는 모습이 마치 공포 영화의 한 장면을 보는 것 같았다.

아니, 그보다 더 무서웠다. 이건 실제 상황이었으니 말이다.

창백한 얼굴의 소녀는 바닥으로 내려왔고 옆에는 같이

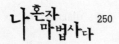

따라다니는 피아노가 있었다.

혼자서 연주를 하는 피아노, 그것 또한 무서움을 자아냈다.

가으하네가 대검에 검기를 두르고 '피아노상'이라고 이름이 떠올라 있는 소녀에게 검을 휘둘렀다.

여태까지 거의 모든 몬스터들을 단칼에 베어버린 가으하네였다.

그러나 허무하게 튕겨져 나오는 검, 소녀의 옆에는 4분음표가 자리를 잡고 있었다.

가으하네도 충격적인 얼굴이었다. 감히 소드 마스터인 자신의 검을 튕겨 내다니?

피아노상의 소녀는 입꼬리를 살짝 올려 웃으며 냉소를 흘렸다.

ㅡ천곡 동굴의 이상한 기운에 상태 이상이 발생합니다.

ㅡ상태 이상 '급똥'에 걸리셨습니다. 몸이 꼬이고 제대로 된 활동이 어렵습니다. 급히 볼일을 보시는 걸 추천합니다.

꾸르르륵!

하필이면 이런 타이밍이라니, 천곡 동굴에 들어올 때 들었던 내용이었다. 신경이 쓰이긴 했지만 무시했던 알림음.

"허윽······!"

강해서 이길지 못 이길지도 모르는 피아노상을 앞에 두고 창자가 뒤틀리는 듯한 고통이 찾아왔다.

 평소 상황이면 웃긴 상태 이상이었지만 이런 공포스러운 동굴에서는 차가운 냉기에도 식은땀이 나는 것이었다.

 "무슨 일이야. 배가 왜……?"

 "급한… 으읍?! 볼일… 처리… 흐읍!"

 하루는 가까스로 엉덩이를 틀어막으며 말했다. 피아노상의 소녀가 가으하네를 노려봤다.

 아무래도 먼저 공격을 했으니까 어그로가 가으하네에게 끌린 것이었다.

 구석으로 가서 하루는 하의 갑옷을 해제하고 팬티를 내렸다.

 괄약근이 풀림과 동시에 쏟아지는 물질들, 세상을 다 가진 것처럼 하루의 표정이 살아나고 있었다.

 하지만 뭔가 생각하던 하루는 다시 표정이 어두워졌다.

 '화장지…가 없다.'

 하루가 볼일을 보고 있을 때 가으하네는 다시 한 번 대검을 휘둘렀다.

 피아노상의 소녀의 회피력이 뛰어난 게 아니다. 그 옆에 있는 4분 음표의 방어력이 강한 것이라 판단을 했다.

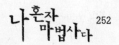

약간의 속임수로 반대쪽을 공격했다. 그러나 그것도 충분하지 않았다.

하나 더 생긴 4분 음표에 가으하네는 약간 짜증이 났는지 마구잡이로 대검을 휘둘렀다.

그럴 때마다 4분 음표가 생겨났다. 과연 무한정으로 막아낼 수 있을까, 가으하네는 생각했다.

"방어력이 강하면 본체는 약한 법이지. 방출!"

처음으로 가으하네가 스킬을 사용했다. 몸을 둘러싸고 있는 검은색 오로라가 더욱 풍부해졌다.

덩치가 커진 느낌이었는데 가으하네는 조금 거리를 두고 대검에 검은색 오로라를 씌우는 듯 보였다.

곧바로 뛰어서 빠르게 전방을 향해 검기를 날렸다. 일자로 곧게 뻗어 나가는 것이 아닌 불안정한 모습으로 이리저리 튀며 날아가는 모습이었다.

띠리리~ 리리~ 리~

피아노 소리가 더욱 짙어졌다. 가으하네의 공격에 반응을 한 것이었다.

—피아노상의 '죽음의 왈츠' 연주가 시작됩니다.

—피아노상의 '죽음의 왈츠'에 의해 피아노상의 공격력과 방어력이 비약적으로 상승합니다.

—피아노상의 '죽음의 왈츠'에 의해 상태 이상 '침묵'이 10분에 한 번, 5초간 지속됩니다.

"크흠……."

가으하네에게 알림음이 들리진 않았지만 느낄 수는 있었다. 어떤 특정한 기술을 썼구나 하는 것이다.

좀 전 가으하네의 공격에 어느 정도 데미지가 들어간 모양이었다.

피아노 옆에 있는 소녀의 옷이 좀 전보다 많이 찢어져 있었고 머리가 산발이었다.

피아노상도 이제 공격을 하기 시작했다. 죽음의 왈츠 연주가 들리는 도중 도중에 특정한 음이 들리면 어김없이 음표가 날아들었다.

좀 전의 방출 스킬 때문인지 한층 더 강해진 가으하네는 음표들을 대검으로 막아냈다.

"멀었…나?"

피아노상을 상대하는 것에 조금 어려움이 있었는지 하루를 찾았다.

많은 음표 중 하나를 실수로 맞아서 뒤로 날아가 동굴 벽에 박은 가으하네는 조용히 '아니다. 기사의 자존심을 걸고 직접 처리한다'라고 말한 뒤 더욱 전투에 열을 올렸다.

하루가 놓고 간 채령과 말랑이는 침울해져 있었다. 첫째로 하루가 변했다는 것과 둘째로는 약한 자신들은 도

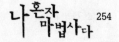

움이 되지 않는다는 것이었다.

"나갔다올게… 아니, 같이 나갈래?"

채령은 나갈 채비를 했다. 날씨가 좋았다. 말랑이는 두 발로 걸어 다니면 사람들이 이상하게 쳐다보니까 네 발로 채령의 옆에서 애완동물처럼 걸었다.

항상 채령이 기분이 좋지 않거나 무슨 고민이 생길 때면 유명하지는 않지만 동네에서 그럭저럭 괜찮은 평을 받고 있는 강가 옆의 의자에서 시간을 보낸다.

물론 운동 때문에도 자주 찾는 곳이어서 친숙한 곳이었다.

오늘도 어김없이 강가 옆을 그냥 걷는다. 물의 색이 그리 좋지는 않았지만 햇빛에 반사되어 보여지는 강가는 아름다웠다.

"무슨 안 좋은 일 있으세요?"

"안색이 별론데, 드라이브나 하실래요?"

스포츠 선글라스를 쓰고 쫙 달라붙는 옷을 입은 남자들이 말을 걸어온다. 다들 한 몸 하고 있었고 그중에는 연하남도 있었다.

흔한 풍경이었다. 육감적인 채령의 몸매를 그냥 지나가는 사람들은 없었다.

말을 걸어오면 그냥 무시하기는 좀 그래서 적당히 대답을 해주었다. 이것도 나름 기분이 좋아졌다.

시원한 음료수나 꽃다발 같은 것들도 받았다. 그러나 그 이상은 받아주지 않았다.

영화 한 편만 같이 가자, 밥 사줄 테니 따라와라, 드라이브 가자 등은 깔끔히 거절했다.

"아… 그러지 말고 우리랑 좀 가자고. 뭐가 그렇게 철벽이야? 봉긋한 그건 철벽도 아니면서. 응?"

"말랑아. 물어!"

치근덕대며 다가오는 남자들은 전부 처참히 처리했다. 말랑이가 있을 땐 말랑이에게 맡기고 혼자 왔다면 채찍을 휘둘렀다.

대부분은 채령의 렙이 꽤나 높았기에 채찍 몇 대를 맞는다면 줄행랑을 쳤다.

강가는 많은 사람들이 오간다. 운동하는 사람, 풍경에 잠시 심상의 안정을 되찾기 위한 사람, 작업을 걸기 위해 오는 사람 등이다.

강물에는 쓰레기가 떠내려 오는 경우가 많았다. 그냥 지나치는 것이 기본, 그런데 말랑이가 뭔가 봤는지 자꾸 갸웃거리고 유심히 봤다.

"말랑아. 뭐 봐? 이제 들어가자. 배고프다."

[따라와 봐라. 저거 이상하다. 안 흘러 내려간다.]

몸이야 그냥 털고 말리면 됐다. 말랑이는 채령을 쳐다보지도 않고 강가 쪽으로 내려갔다.

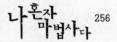

그리고 보이는 다 먹은 캔 음료를 보더니 그쪽으로 점프를 했다.

당연히 빠질 것이라 생각한 채령은 놀란 눈이 되었다. 주변에 보는 눈은 없었다. 말랑이가 기분이 별로였기에 접근을 해오면 다 쫓아버렸기 때문이었다.

강물 위에 떠 있는 말랑이의 모습에 채령은 어떻게 저게 가능한 것이냐는 생각이었다.

말랑이가 두 발로 일어서서 채령에게 오라는 손짓을 했다.

그리고 말랑이가 몇 발자국을 내딛더니 강 위에서 사라져버렸다.

"마, 말랑아! 말랑아?"

채령이 말랑이를 불렀지만 말랑이는 대답이 없었다. 왠지 위험할 것 같아서 안 가려 했지만 말랑이가 사라졌다. 찾기 위해선 같은 곳으로 가는 수밖에 없었다.

쿠웅.

채령이 눈 딱 감고 뛰었다. 약간 먼 거리였지만 민첩성을 올린 사람들에게는 별로 먼 거리가 아니었다.

마치 바닥에 안착하는 소리를 내고 강 한가운데에 채령이 섰다. 옷은 다행히 젖지도 않았다.

ㅡ숨겨진 숲, 보존 경계에 들어오셨습니다.

채령에게 알림음이 들리고 눈앞에 숲의 모습이 보이기

시작했다.

말랑이도 보였기에 그쪽으로 걸어갔다. 아마 밀랑이가 갑자기 사라진 것도 이 숲의 풍경을 봤기 때문일 것이었다.

뒤를 돌아보니 강이나 그 옆에 위치한 마을 따위는 보이지 않았다. 오로지 수풀과 나무밖에는 보이질 않았다.

"와… 뭐지 여긴. 이런 숲 본 적도 없는데."

[숨겨진 곳일 수도 있다. 이런 곳 돌아다닌 적 있다.]

살기 위해 돌아다니던 말랑이였다. 이렇게 숨겨진 곳들을 곧 잘 발견했다.

다만 말랑이가 까먹고 있던 것이 있다. 이런 곳에선 도망친 기억밖에 없다는 것을 말이다.

"아, 그랬어? 근데 왜 아무것도 안 보이지. 동물이나 어떤 몬스터가 있긴 있을 텐데……."

전형적인 숲의 모습을 하고 있어서 풍경으로 놀라는 일은 없었다.

걱정되는 게 바로 몬스터였다. 강한 몬스터라도 만난다면 어찌할 도리가 없었다.

'언니… 의 몸을 잘 지켜야 하니까… 조심해야지.'

일단 몬스터가 나타나면 싸워는 보고 강하다. 피해야 할 것 같으면 거침없이 도망갈 생각이었다.

말랑이가 혼자서 수풀 속을 헤집고 가기 시작했다. 그

모습을 뒤에서 보자니 마치 사람 같이 보였다.

"같이 가. 말랑아! 그리고 좀 앉아. 그… 그… 불필요한 게 덜렁거리잖아!"

채령은 하루가 레이드 번 돈으로 바꿔준 뱀 가죽 채찍을 든 채 말랑이의 뒤를 쫓아갔다.

가으하네가 싸우고 있는 도중 상태 이상이 풀린 하루는 그제야 고통에서 벗어날 수가 있었다.

그렇지만 밑을 닦을 수 있는 것이 필요했다. 어떻게 해야 할까, 이대로 갑옷을 착용하자니 찝찝했다. 주변에 널려 있는 돌로 문지를 수도 없고 말이다.

"하……."

어쩔 수 없었다. 찝찝함을 감수하고 갑옷을 착용할 수밖에 없었다.

하루는 자리에서 일어났다. 일단 가으하네가 맡고 있던 피아노상의 처리가 우선이었다. 그리고 이곳에서 뭐든 획득하는 게 목표였다.

가으하네가 밀리는 것은 아니었지만 미미하게만 피아노상에게 데미지를 주고 있었다.

화륵!

파이어—버스터가 생기고 곧바로 피아노상에게 날아
갔다.

데미지를 저 음표들이 막고 있다면 그만큼의 많은 데미
지를 한꺼번에 주면 될 듯했다.

한 번 시전하는 데 생성되는 불덩어리는 4개, 하루는
확실하게 저 피아오상의 소녀에게서 곡소리가 나올 때
까지 시전하고 날려 보냈다.

가으하네에게는 피해가 없으니 피하라고 말을 해줄 필
요는 없었다.

계속되는 하루의 마법 공격에 가으하네가 쓰러트리지
못한 피아노상의 피아노 소리가 끊기고, 하루의 손짓에
바람이 일어서 불덩어리로 생긴 연기가 걷어졌다.

보이지 않는 피아노상에 떨어져 있는 잡템들을 보자 안
심했다.

나름 준 보스 정도로 생각했는데 떨어져 있는 물품은
형편없었다.

피 묻은 건반 조각뿐이었다. 뭐든 챙겨 놓는 하루였기
에 그냥 인벤토리에 던져두고는 가으하네에게 다가갔
다.

"약한 거 아니야? 피아노상 마법 몇 방에 죽었는데."

"내가 거의 체력을 깎아 두었다. 간단히 죽은 게 아니
다."

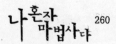

가으하네는 대답을 하고 쉬지도 않은 채 동굴 안쪽을 향했다.

앞이 어두워서 불덩어리를 던져보고 싶었지만 동굴이 무너질 수도 있다는 것에 불안했다.

전투가 계속되면서 동굴이 많이 떨리고 몇 천 년 된 종유석 같은 것들도 떨어져 나갔다.

조심하지 않는다면 무너져 버릴 것 같은 느낌이 확 느껴졌다.

블링크로 피하면 그만이지만 이곳은 어느 정도 알아주는 관광지였고 재산이었다.

"조심해라, 가으하네. 뭐가 튀어나올지 몰라."

"여기. 여기… 단단히 준비하는 게 좋을 것 같다."

가으하네가 동굴의 모퉁이를 돌았다가 뒷걸음을 몇 번 했다.

무슨 일인지 확인하기 위해 하루는 가으하네의 옆으로 블링크를 했다.

얼마 떨어지지 않은 곳에는 구울들이 수십… 아니, 수백 마리 정도가 모여 있었다. 정확한 수는 셀 수가 없었다.

구워어어어… 구워…….

구어으어, 구우우…….

이상한 소리를 내는 구울들은 흐물흐물거리며 돌아다

녔다.

하루는 착잡한 표정을 지었지만 이렇게 모여 있어도 뭐 괜찮다고 말을 했다.

오히려 랩 업을 많이 할 수 있을 것 같다고 생각했다.

"경험치가 되어라."

하루가 다가가며 말을 하자 그제야 하루를 발견했는지 빠르게 달려왔다.

그에 선물을 하듯 하루는 버스터-토네이도를 시전했다.

팡팡 터지는 소음을 내며 이동하는 토네이도!

피할 곳은 없었기에 그 뜨거운 열기의 바람 속으로 스며드는 구울들이었다.

뭔가 하루의 몸에 쑥쑥 채워지는 느낌이었다. 이는 구울들의 숫자가 빠르게 줄어드는 것을 의미했다.

움직이며 토네이도가 쓸고 있는 동안 하루와 가으하네는 가만히 있는 게 아니었다.

페나테스를 들고 하루가 구울들을 찔러갔다. 물론 머리가 목표였다.

정신없이 휘두르니까 창 관련 스킬이 생겼다는 알림음이 들려왔다.

기본적으로 어떤 무기를 쓰는 사람들에게 자주 생기는 대쉬 스킬이었다.

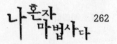

창을 든 채 대쉬를 쓰게 되면 순간 목표로 생각하던 생명체에게 날아가서 찌른다.

블링크가 있는 하루에게 별 도움이 되지 않는 스킬이라 생각될 수도 있었지만 블링크와 대쉬가 합쳐지면 상당한 플러스 효과가 될 수 있었다.

"계속 왔다 갔다 하다 보니 생긴 것 같네. 대쉬!"

이제 구울이 어느 정도 정리가 되었다. 동굴 끝이 이곳인 것 같았다. 싸우면서 어디 이동할 구석이 있나 찾았지만 없었다.

이렇게 쉽게 끝나는 건가 생각했으나 바닥이 떨리는 진동에 역시 이 정도로 끝날 리가 없지 했다.

"크흐… 네놈이구나. 시끄럽게 군 게. 구울들을 다 잡아? 호… 실력 좀 되는 것 같네."

"뭐지? 알림음도 안 울리고……."

"날 좀 도와줘야겠는데. 마.법.사?"

하루는 움찔 했다. 마법사를 알고 있나? 다른 마법사가 있는 것인가? 뭐하는 놈인지 궁금했다.

머리를 덮는다 헤진 로브를 입고 해골이 걸려 있는 스태프에 맨발로 서 있었다.

로브가 펑퍼짐해서 여자인지 남자인지 구별이 가지 않았다. 들리는 목소리로는 남자 같았다.

"뭘 도와? …혹시 리치를 알고 있나? 웨어울프 칸드라라든지……."

"큭. 그딴 것에 대답해 줄 만큼 착하게 보이나. 그냥 나에게 몸을 주면 되지. 데블 윙—"

앞에 엄청난 존재감으로 나타난 존재의 등에서 검은색 날개가 돋았다.

그와 함께 드러나는 머리 위의 이름은 보통 소설에서 두려움의 존재인 네크로맨서였다.

'네크로맨서 게소 사라나… 그럼 앞전의 구울들도 전부……?'

게소 사라나는 하루가 흥미로웠다. 인간 따위가 잡을 수 있는 놈들이 아니었다.

이곳에서 힘이 약해져 있다고는 하지만 자신은 이름 있는 네크로맨서였다.

"그릇이 될 수도 있겠군. 마법사… 크큭. 본 나이트. 다크 라이트닝."

공중으로 떠 있는 상태에서 게소 사라나가 허공에 뼛조각을 뿌리더니 룬 문자들이 자주색으로 생겨난 뒤, 가으하네와 비슷한 뼈로 된 기사들이 튀어나왔다.

총 10기, 좀 전의 구울들 숫자이 비하면 턱 없이 작은 숫자였다.

"가으하네……?"

검을 쥐고 있었지만 가으하네는 가만히 정면만 응시하

고 있었다. 본 나이트를 쳐다보는 것이었다.

아마 침을 삼킬 수 있다면 삼키고 긴장하는 상태로 보였을 것이다. 그만큼 본 나이트에 위화감이 느껴진다는 것이었다.

"데스 나이트라… 재밌겠는데?"

마치 오랜만에 장난감을 만난 어린아이처럼 게소 사라나는 자꾸만 쿠쿠쿡ー 웃었다.

'네크로맨서… 살린다… 구울… 하.'

"죽은 자를 살리는 놈이 산 사람을 살리는 능력을 가지고 있을 리가 없지."

본 나이트가 가으하네에게만 뛰어가서 둘러쌓았다. 하루는 자신을 무시하는 것인가 했지만 그 의도가 아니었다.

하루는 직접 게소 사라나가 가지고 놀기 위해, 방해 받지 않기 위해 본 나이트를 풀어둔 것이었다.

잠깐 사이, 하루의 머리 위에서 어둠에 전기 속성이 섞인 번개가 내렸다.

갑자기 내려치는 번개를 피할 정도로 하루의 민첩성이 뛰어나진 않았기에 블링크로 회피를 했다.

네크로맨서는 흑마법사이기도 했다. 하루와 비슷한 마법을 구사… 아니, 더 강력했다.

"큭. 캐스팅 속도가… 장난 아닌 것 같구만. 다크니스 볼트—"

게소 사라나는 어디 이것도 피해보라지 하는 표정으로 파지지직 전깃불이 튀어 나오는 검은색 구체들을 생성했다.

"파이어— 버스터—"

하루에게서 여유 따윈 찾아보기도 힘들었다. 아직 엄마를 그렇게 만든 녀석들에게 복수도 하지 못했는데 죽는다는 것은 상상도 하지 못했다.

"하합!"

가으하네는 여러 곳에서 들어오는 치명적인 검들을 받아내고 있었다.

검 자체에 붙어 있는 힘을 올려주는 스트렝스 스킬을 쓰고 반격을 하지도 못할 정도였다.

착!

끼기기—

반복적인 소리가 났다. 본 나이트 10기가 한꺼번에 달려들 만큼 가으하네의 몸이 크지는 않았기에 5마리 정도가 번갈아가며 시간차 공격을 했다.

반격을 할라치면 치고 들어오는 본 나이트, 가으하네는 예리한 감각으로 빈틈을 노리고 있었다.

스피드는 자신이 한 수 위이다. 그렇지 않고서야 10대 1로 싸우지는 못했다.

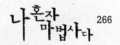

그러나 공격 한 방이 얼마나 강력할지 몰라서 전부 방어를 하고 있는 것이었다.

무리를 해서 싸움에 임한다면 이길 수는 있겠지만 목숨을 보존할 수 있을지 없을지 몰랐다.

"훗. 합! 흐압!"

이런 전투는 데스 나이트가 되고 나서 처음이다. 생전에는 대련도 많이 하고 그랬는데 말이다.

전성기 때는 이런 검술 실력 따위는 확실한 실력으로 눌러버렸다.

가으하네의 검술은 살아 있었지만 오래 쉰 탓에 그 실력이 묻어진 것이었다.

점점 가으하네의 실력, 감각, 검술이 돌아오기 시작한 것이다.

인간이 생명의 위협을 받으면 순간적으로 몇 배의 힘과 정신력을 발생시킨다.

검술이라는 것은 그런 몇 배의 능력을 응축시켜서 매 순간마다 나타내게 한다.

다른 사람과 하는 진검의 대결이기 때문에 한순간 실수를 한다면 그동안 해왔던 노력과는 상관없이 한순간 저 세상으로 가는 것이기 때문이다.

"훗―"

가으하네가 바쁘게 본 나이트의 검을 막다가 슬쩍 웃어

보였다.

어째서 힘겹게 자신이 싸우고 있는가, 지금 즐기고 있는 것이었나? 제대로 된 전투가 오랜만이여서 말이다.

"무태—제1식."

생전, 오랫동안 수련을 해온 검술을 기억해냈다. 굳세고 커다란 검을 뜻하는 무태 검술, 가으하네가 검을 휘둘렀다.

"라이데인. 파이어—버스터!"

하루는 게소 사라나의 공격에 마법으로 맞대응을 하면서 막아냈다.

여전히 허공에서 웃으며 공격을 하는 게소 사라나의 모습에는 여유로움이 있었다.

'이대로 안 돼… 이대로 가다간. 질 수도…….'

위태로움을 느끼고 있는 하루였다. 갑자기 이렇게 강한 몬스터가 나타난다니 하루는 미칠 노릇이었다.

네크로맨서, 게소 사라나는 좀 전에 본 나이트를 소환한 것처럼 잠깐의 손짓으로 재료만 있으면 수백 개의 구울이나 본 나이트 등과 같은 몬스터들을 생성할 수 있는 자였다.

만약에 분노를 해서 그렇게 된다면 거침없이 당할 수도 있겠다라는 생각이 들었다.

게소 사라나의 본격적인 공격은 시작도 되지 않은 것이

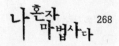

었다.

'나보다 강할 터… 그렇다면 50%의 방어율인데…….'

프리벤트, 마나석으로 만들어진 현재 하루가 입고 있는 갑옷을 생각했다.

자신보다 약한 공격은 무조건 방어, 강한 공격은 50%로 방어를 한다는 사기적인 갑옷의 능력치였다.

또한, 입고 있는 모든 장비의 흡수력을 합한다면 20%가 된다.

'페나테스의 공격력도 높은… 높지. 그래, 이것보다 강한 무기는 사이트에서도 보지 못했어.'

만들어 놓고 창을 제대로 활용하지도 못했다. 최대 공격력이 약 1,600 정도가 된다고 명시되어 있지만 그 공격력이 몬스터에 얼마나 피해를 끼치는지 알지 못했다.

"해보는 수밖에… 블링크!"

여러 마법들로 공격을 막고, 블링크로 피하던 하루가 페나테스를 잡고 게소 사라나의 뒷부분으로 이동했다.

이어지는 대쉬, 생각해 보니 신발에 달려 있는 옵션이기도 했다.

창이 게소 사라나의 등 뒤로 향하며 패시브 스킬인 날카로운 기운이 생겼다. 마치 가으하네의 대검에 쌓여 있는 검기와도 같았다.

"어디 있는 게……!"

게소 사라나는 사라진 하루를 찾았다. 정면 쪽에는 없으니 순간 느껴지는 섬뜩한 살기에 뒤를 쳐다봤다.

무서운 기세로 날아오고 있는 하루의 모습, 게소 사라나는 재빨리 하루를 튕겨내기 위해 흑마법을 시전했다.

처음 받았던 스킬, 다크니스 볼트가 하루에게 곧장 날아왔지만 하루는 멈추거나 피할 수 없었다.

"이대로 박아버린다아아!!!"

하루가 소리를 지르며 다크니스 볼트를 야구 하듯이 치려고 페나테스를 휘둘렀다.

가능할까 생각지도 못했다. 그저 눈앞에서 사라졌으면 했다.

게소 사라나의 다크니스 볼트가 페나테스와 맞닥트리는 순간 생각지도 못한 일이 발생했다. 하루의 입가에 순식간에 미소가 지어졌다.

"계속 공격해봐라!"

푹.

하루의 페나테스는 약간 검은 기운에 쌓여 있다가 하루가 게소 사라나에게 찌르기를 성공한 후, 바닥에 내려앉는 순간 사라졌다.

페나테스, 마나석으로 장인이 공들여 만든 무기였다. 마나석의 본질은 주변의 마나를 흡수하는 것.

다크니스 볼트가 페나테스와 닿는 순간 다크니스 볼트

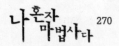

를 흡수해 버린 것이었다.

 이제 게소 사라나의 공격은 공격이라고도 볼 수 없었
다.

 "이… 이… 인간이 내 몸에……!"

 게소 사라나가 분노하듯 말을 했다. 그러나 하루가 다
른 짓을 하기까지 가만히 있을 리가 없었다.

 하루는 바닥에 내려앉는 순간 플라이로 날아올랐다. 비
록 30초 정도밖에 지속 시간이 되지 않지만 충분했다.

 대쉬와 함께 게소 사라나에게 페나테스를 찔러 넣었
다.

 다크니스 볼트나 다크 라이트닝을 날리긴 했지만 하루
는 모두 페나테스로 치며 흡수를 했다.

 "큭. 크크크큭… 힘이 약해졌다고 하지만 이 정도일 줄
은… 크큭."

 "이제 그만 가라, 비팅 스피어!"

 이어지는 난타, 게소 사라나의 모습이 희미해졌다. 어
느새 가으하네도 본 나이트를 처리했는지 하루와 게소
사라나의 전투를 지켜보고 있었다.

 "하… 다시 보자꾸나, 다시."

 희미해지며 바닥으로 힘없이 떨어지는 게소 사라나의
모습이었지만 그의 말에 뭔가 이상함을 느끼는 하루였
다.

바닥에 떨어진 게소 사라나의 주변에는 마법진 같은 것이 나타났다.

게소 사라나는 중얼거리듯 플라이를 해제하고 내려오는 하루를 보여 말했다.

"난 네크로맨서, 게소 사라나. 죽을수록 강해지지. 진정한 무서움을… 보여주겠다. 마법사."

하루는 듣지 못하고 사라지는 네크로맨서를 바라보기만 했다.

사라지자 아이템이 떨어져 있어서 정말 잡았구나 하는 생각만 든 것이었다.

"이번에도 칸드라에 대한 단서는… 하아…….."

강한 적이었던 만큼 칸드라에 대한 단서가 나올 것이라 생각했지만 없었다.

떨어져 있는 해골 모양의 귀걸이의 옵션을 보고 그나마 위안을 삼을 수가 있었다.

해골 귀걸이

어둠 속에서 수십 년간 썩혀 있던 해골을 가공해서 만든 귀걸이다.

어둠 관련 속성 공격이 2배로 상승하고, 일정 확률로 상대방에게 치명상을 입힐 수 있다.

그러나 해골 귀걸이를 착용하면 약간의 악취가 날 수 있으

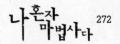

니 조심하자.

암 속성 : +20 **민첩성** : +10 　 **체력** : +100.

　주변의 가으하네가 처리한 본 나이트들의 뼈들도 집어서 인벤토리에 넣은 뒤 해골 귀걸이를 확인한 하루는 웃으며 고개를 끄덕였다. 이 정도면 충분했다.

　"족히 천만 원은… 되겠네."

양피지

절뚝거리며 유한정이 의자에 앉았다. 로벨리아 기지까지 무사히 도망칠 수가 있었다.

바로 시작된 유한정의 치료, 괜찮다며 말을 하는데도 동료들은 응급 치료라도 해주었다.

갑자기 침울해졌다. 정찰을 담당하는 동료가 좋지 않은 표정으로 정찰을 마치고 돌아왔기 때문이다.

'죽었…구나…….'

굳이 말을 하지 않아도 세경, 세연이 잘못되었다는 것을 알 수 있었다.

그리고 그들이 키우던 동물들도 마찬가지일 것이었다.

다행히 더 이상의 피해가 없었지만 사기가 급격히 하락했다.

중얼거리는 동료의 말들이 유한정과 조준호의 귀에 들어가 신경을 거슬리게 했다.

"조잡해. 너무 조잡해… 로벨리아? 너무 약하잖아. 약해서 세경이와 세연이를… 얼마나 좋아했는데."

"동물도 사랑하고, 간신히 턴에이 놈들의 눈을 피해서 살았는데……."

뭐라고 말을 할 수도 없었다. 맞는 말이었다. 만들어낸 지 몇 달이 지났지만 아직 조잡하고 뭔가 부족했다.

그냥 실력 좋고 마음이 좋은 반정부 양아치들이 모인 단체라고도 말을 할 수 있을 만큼 급히 만들고 급히 뭘 하려 들었다.

정부, 대통령에 대한 분노 때문에 너무 빨리 달렸다. ∀를 모방하며 동료를 모으고 있다는 것도 알게 될 것이다.

성급하고 멍청하게 행동했다.

"조준호. 크흡… 따라와."

유한정은 굳은 표정으로 다리의 고통을 참으며 움직였다.

동료들이 말리지는 않았다. 뭔 생각이 따로 있겠지 했다.

조준호가 옆으로 가서 부축하며 다른 동료들이 보이지

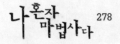

않는 구석으로 갔다.

"병원 가봐야지. 이렇게 놔두다간……."

"괜찮아. 내 체력을 뭐로 보는 거야? 아직 죽을 정도는 아니니까 너무 오버하지 마."

"근데 무슨 일로……."

"이번 턴에이 습격 사건, 그리고 동료들의 말에 너도 뭔가 느끼고 있겠지. 이제 체계적으로 움직이고 더 세분화시켜서 로벨리아를 운영해야 돼. 그동안 너무 급히 달려왔다. 후! 동료를 또 잃고 이렇게 깨닫다니… 멍청해. 정말 멍청하다. 안 그래?"

유한정의 말에 조준호는 고개를 끄덕였다. 마찬가지로 느낀 점이 같은 것이었다.

"세경, 세연이의 희생을 헛되게 하지 말아야죠. 턴에이… 시간이 조금 걸리더라도 확실히 뿌리를 잘라내기 위해선, 신중해질 필요가 있겠어요."

"그래……."

한편, 로벨리아 전부를 놓친 이호순은 이 상황을 어떻게 해야 할까 고민에 휩싸였다.

발견을 해놓고 전부를 놓친다? 이 터무니없는 실수에 주인님이 과연 그냥 넘어갈 것인가, 그에 대한 답변은 NO였다.

'우리가 자신들을 발견했다고 하면 정체를 숨기려고 숨

을 텐데. 얼굴도 우리가 이미 봐버렸다. 찾기가 더 어려워진다는 뜻!'

치고 올라오려는 애들도 있으니 이런 실수를 발견한다면 이용할 것이었다.

이호순은 콜라를 손에 쥐었다. 부하들이지만 언제 뒤통수를 칠지 모르는 시한폭탄 같은 부하들이었다.

전부를 죽여 버릴까라고 마음이 시켰지만 이내 콜라를 인벤토리에 집어넣었다.

그런 행동을 하는 것은 ∀를 적으로 돌리는 것과 같은 것이었다.

이호순이 전화를 걸었다. 혼나야 할 것, 빨리 혼나고 어떤 처벌이라도 받아야 했다.

직위를 박탈당하더라도 올라갈 희망은 있다. 그냥 놓친 것뿐이니 말이다.

"주인…님. 가짜 턴에이들을 놓쳤습니다… 죄송합니다. 어떤 처벌이라도 달게 받겠습……."

—혹시 유한정이 거기 있었나요? 아, 얼굴을 모르겠지. 일단 사진 확인해보세요.

주인님의 말과 함께 진동으로 전송되어 온 한 장의 사진, 증명사진처럼 보였는데 좀 전에 우두머리라 생각하여 다리에 총을 쐈던 그 사람이었다.

이호순은 재빨리 있었다고 말을 함과 동시에 ∀가 정부

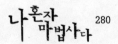

와 관련이 있다는 것까지 알고 있었다 말을 했다.

대답을 들은 주인님은 크게 웃었다. 자신이 보내둔 감시자가 이상한 말을 전해서 확인해 본 것인데 맞았다. 그 둘이었다.

—하, 아주 발악을 하는 것 같네요. 그냥 너그러운 마음으로 살려줬는데 말이에요. 이렇게 발칙한 짓을 하다니요.

유한정, 조준호는 NO.3를 해결한 공격대.

사람들이 알고 있다면 지금 유명한 이하루와 대등한 인기를 누리고 있을 것이다.

배신당했다는 것을 알고 있을 것이다. 그렇다면 지금 가짜 ∀ 행세를 하며 돌아다닌 것은 노리는 건 자신, 같이 있던 동료들은 ∀에 대해 앙심을 품고 있는 사람들이다.

여기까지 추리가 가능했다.

—그래봤자 상대가 안 되지요. 숨 쉬고 있는 위치가 다르니까요. 애초에 싹은 베어내야 하지만… 재밌네요. 숨바꼭질입니다. 유한정, 조준호 씨.

주인님은 웃으며 다시 이호순에게 전화를 걸고, 다른 이들에게도 연락을 돌리라 말을 했다.

재미있는 기임이 될 것 같았다. 지기를 찾아내고 없애는 복수가 빠를까 턴에이가 찾아내서 이 세상에서 감쪽

같이 없애는 것이 빠를까 말이다.

숲 속에선 가녀린 여자의 신음 소리가 들려왔다. 이마에선 땀이 나고 있었으며 손은 위아래로 격렬하게 흔들었다.

"후려치기! 후려치기! 하아… 하…….."

채령의 손에는 뱀 가죽으로 된 채찍이 들려 있었다. 왜 이것들이 여기에 있는지 몰랐다. 한국에서는 보기 힘든 늑대들이 둘러싸고 있었다.

게임에서 나올 때는 그리 강한 몬스터가 아닌데 실제로는 엄청났다. 강한 턱과 이빨, 빠른 몸놀림에 위화감이 넘쳤다.

또한 무리를 지어 다니는 습성 때문에 골치가 아픈 것이 바로 늑대였다.

말랑이도 이런 상황은 겪어 봐서 알았다. 간신히 많은 늑대들의 틈에서 살아남았다.

몸에 나 있는 작고 큰 상처들도 예전 늑대들과의 싸움 때문에 생긴 것이었다.

[으르…으!]

하지만 지금은 둘이다. 혼자 상대했었을 때보다는 편

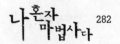

했다.

말랑이는 목덜미를 물려고 날아오는 늑대를 살짝 옆으로 고개를 꺾어 피한 뒤, 역관광을 시켜줬다.

목덜미를 물린 늑대가 말랑이에게서 벗어나려고 발버둥을 쳤지만 그렇게 호락호락한 말랑이가 아니었다.

다른 늑대가 무방비라고 생각하는 말랑이의 뒷다리를 물려 왔지만 말랑이는 늑대와는 달리 이족 보행이 가능했다.

늑대를 입에 물고 있는 채 일어서서 발톱을 뺀 뒤 허벅지를 물려는 늑대를 걷어 차버렸다. 다른 늑대들도 마찬가지로 처리를 해갔다.

"오지 마아아!"

채령이 다가오는 늑대들을 공격했다. 의외로 쉽게 물러나나 싶었지만 몸을 숙인 다음 가속력을 내서 뛰어 들어왔다.

놀라서 채령은 발로 늑대의 발을 정확히 가격해서 방어에 성공했다.

그 뒤로는 무조건 채찍을 휘둘러 가까이 오는 것조차 방해를 했다.

채찍 맛이라도 보려고 그러는지 살짝 들어온 늑대가 깨갱거리며 쓰러져 버렸다.

그걸 보고 다른 늑대들이 겁을 먹었다. 그러는 동안 채령의 체력은 떨어지고 땀이 흘렀다.

　눈치를 채고 있었지만 그래도 선뜻 저 많은 늑대들을 상대하려는 것은 못할 것 같았다. 너무 무섭게 생겼다.

　"그, 그래도 지영 언니 몸은 소중하니까! 내 몸은 소중하니까!"

　견제만 하던 채령이 눈을 번뜩였다. 이미 많은 체력을 소모했지만 공격을 하기로 했다.

　채령의 채찍 공격력은 하루의 페나테스 보가는 낮았지만 적당히 800 정도였다.

　나가떨어지는 늑대들을 보며 채령이 편안히 웃었다. 왜 계속 의미 없이 견제는 했는지 후회가 되었다.

　촥—! 촥—!

　늑대들의 살결에 맞는 채찍 소리가 차졌다.

　몇 마리는 말랑이의 공격에 죽었고 채령의 공격에도 몇 마리가 죽었지만 많은 수의 늑대가 도망을 갔다.

　"하… 여기서 어떻게 돌아가지. 말랑아……."

　[모른다. 출구를 찾아야 한다.]

　말랑이가 입에 묻은 늑대의 피를 혀로 핥으며 대답을 했다.

　입장했다는 소리는 들렸지만 어떻게 해야 나간다. 뭐 클리어를 해라 등의 알림음은 들려오지 않았다.

　무작정 헤매고 있는 중이었다. 핸드폰이 없어서 하루에

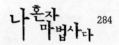

게 도움을 청할 수도 없었다.

"보금자리를 옮… 하나. 이상한 …들이 공…….

"전통이 있… 안 된다. 좀 더 신중히 생…….

뭔가 말소리가 들려왔다. 큰 소리로 사람인가 하고 부
르려던 채령의 입을 말랑이가 막았다.

끊겨서 말들이 들리는 것을 보면 멀지는 않았다. 방향
감각이 좀 이상하긴 했지만 소리가 나는 곳으로 최대한
조심히 이동을 했다.

"하… 인간들도 이 근처에서 우리 동족을 공격했다는
말이 있다."

"그런 놈들쯤, 죽여야지. 우리 위대한 종족이 공격이나
당하면 쓰나!"

커다란 나무 옆으로 보이는 거대한 인영에 채령과 말랑
이는 입을 벌린 채 손으로 입을 막았다.

말랑이는 저 존재를 알고 있었다. 똑같은 그놈은 아니
었지만 같은 종족이었다.

'웨어울프!'

주인, 하루가 찾고 있는 칸드라라는 놈과 같은 종족이
었다. 다리가 풀린다. 지금은 연락할 수단도 없었다.

그리고 지금 눈앞에 있는 이 웨어울프들을 보다보니 칸
드라가 약한 건가라는 생각도 들었다.

나 헬스 좀 한다 싶은 근육과 길쭉한 몸, 손에는 핏줄이

터질 듯 튀어나와 있었다.

빠직.

여느 소설에서도 그렇듯, 다리가 약간 풀린 말랑이가 바닥에 가만히 누워 있던 나뭇가지를 밟았다.

"……?"

그와 함께 눈이 마주쳤다.

채령도 멍하니 눈을 마주치고 웨어울프를 대놓고 쳐다 봤다.

게소 사라나는 육체가 다시 생성되기까지 기다렸다.

이곳에서의 두 번째 죽음이다. 강원도에서 자리를 잡았 을 때 한 번, 그리고 좀 전 마법사에게 한 번.

'제대로 지배를 해볼까나. 힘도 더 강해진 것 같은데 말 이야.'

유일하게 죽을수록 강해지는 얻은 힘을 가지고 이곳, 지구로 오게 된 게소 사라나였다.

조금씩 육체가 생성되고 있었다. 천곡 동굴이 아닌 바 로 서울 상공에서 말이다.

뱀파이어가 휩쓸고 갔었던 곳은 이미 거의 다 회복이 되었다. 게소 사라나의 눈에 많은 사람들이 보였다.

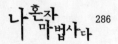

부하로 만들 재료들이 많았다. 기다란 뭔가를 타고 오는 인간들도 눈에 보였다.

"저게 뭐지?"

그만큼 보는 눈도 많았다. 아무것도 없는 하늘에 뭔가 보이기 시작하니 사람들이 갸웃거리며 보기 시작한 것이다.

동영상을 찍는 사람도 있었다.

기이한 광경이라 연락을 받거나 동영상을 본 사람들과 기자들이 모여들었다.

"몬스터 아니야? 좀 투명한데… 보스 몹 같은 건가?"

"아니야. 갑자기 생겨날 리가 없잖아."

"리포터, 고수정입니… 지금 서울 상공에는 이상한 물체가… 또다시 뱀파이어가 나타나는 게 아닐까 하는 의혹도 생기고… 다."

여러가지 추측을 하고 있었다. 그러나 사람들은 구경을 할 뿐 서울을 벗어나는 사람들은 극소수였다.

서울 상공에서 일어나는 일들은 대통령에게도 당연히 전달되었다.

"VIP. 현제 서울 상공에서 뭔가 일이 일어나고 있습니다."

"아, 윤 장관님. 이야기는 들었어요. 이상한 증상이 나타나고 있다죠?"

대통령이 그냥 구경꾼처럼 말을 하는 것이 약간 기분이 거슬렸는지 국방부 장관 윤희성은 인상을 찌푸렸다.

"군대 투입하고 인원 통제하겠습니다. 자칫 많은 사람들이 다칠 수 있습니다."

"알고 있어요. 저도 얼마나 걱정이 되는지 몰라요. 그런데 말이에요… 윤 장관님. 아직 어떤 일이 일어나지도 않았습니다. 국방비를 겨우 그렇게 쓸 겁니까?"

"아니. 일어나기 전에 막아야지 않습니까. 느낌이 좋지 않습니다."

윤 장관은 소리를 치려다 가까스로 참았다. 화사 머리 끝까지 났다.

이런 사람이 자신이 사는 나라의 대통령이란 것이 비통할 뿐이었다.

대통령은 여유롭게 펜을 돌리며 윤 장관을 쳐다봤다. 강제라도 군대를 대동하고 서울에 가라고 아랫놈들에게 명령을 내리고 싶었지만 자신에게는 아직 지켜야 할 가족이 있다.

꾹 참고 윤 장관은 네가 뭐 어쩔 건데라는 듯 쳐다보는 대통령에게 인사를 하고 자리를 벗어났다.

"또 비슷한 일이 일어나면 그때 가서 막으면 되지… 참 걱정이 많은 것 같습니다. 윤 장관님."

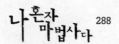

대통령은 고개를 도리질하며 다시 서류를 들여다보며 도장을 찍기 바빴다.

아이를 가진 부모들은 전부 걱정을 하며 연락을 돌렸다.

뱀파이어 사건은 이미 전국의 이슈였기에 서울 주민들은 불안에 떨며 살고 있었다.

적절한 대처가 이뤄지지 않았기에 불만이 정부에게도 많았었다.

"지훈아. 오늘 시골로 내려가야 한다. 이상한 게 서울에 생기고 있다고 하더구나."

"시골 싫어. 가면 재미도 없단 말이야. 아무 일 없을 거야. 나 친구들이랑 약속 있으니까 나가볼께~"

"지훈아. 지훈아!"

철없이 부모님 말은 무시한 채 나가는 아이들도 있었지만 정말로 위기를 감지하고 서울을 벗어나는 사름들도 있었다. 그렇기에 도로점점 막혀만 갔다.

"윤곽이… 잡히기 시작하는 것 같은데. 사람……?"

"위험한 뉴스! 나서경 기자입니다. 좀 전부터 서울 상공에 뭔가가 생기기 시작했다는 소식에 달려왔습니다. 점점 그 정체가 드러나고 있는데요. 사람이다. 유령형 몬스터다 하는 등 추측들을 하고 있습니다."

카메라맨과 함께 서울로 곧장 달려온 나서경 기자였다.

그동안의 특종들 때문인지 정식으로 프로그램이 생성되었다.

위험하다고 판단이 되면 무조건 찾아가는 '위험한 뉴스'는 높은 레벨의 몬스터를 찾아가서 레이드를 하는 파티, 살인 사건의 살인마를 찾는 등의 여러 가지 일들을 방송했다.

그러나 사람들이 기다리는 건 마법사의 등장이었다.

"형태를 갖춰가는 모습을 보고 자리를 피하는 사람들이 점점 늘어나고 있습니다. 정부에선 과연 어떤 대책을 세우고 있을까 궁금합니다. 그렇지만 제일 궁금한 건 그분의 등장입니다."

카메라는 나서경 기자를 스쳐서 서울 길거리 풍경과 카메라를 들어 올려서 하늘에 생기고 있는 괴상한 것을 찍었다.

괜히 국민들의 불안감을 조성한다고 인터넷에서 검색을 하지 못하게끔 각종 포털 사이트에 정부가 말을 했지만 수많은 국민들의 손가락을 막을 순 없었다.

"어쭈, 검색을 막아? 정부 짓이야 분명."

"한글은 위대하다. 이것까진 다 막지 못하겠지."

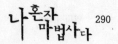

국민들은 개인 블로그에 글을 올렸다. 그리고 포털 사이트에도 진심으로 걱정을 하며 글을 올리기 시작했고 새로운 검색어가 떠올랐다.

서울 사람들 빨리 피하세요. 검색어를 맑아?
정붉. 뭔갉있닱. 거대 몬슭퉭다!
"마법사 도와주세요!"
일단 피핡긓 상화을 밝아!

빠르게 퍼진 인터넷 상황과 위험한 뉴스가 서울에서 시작하는 것에 반응이 있는지 이젠 빨리 피해야겠다고 소리를 지르며 도망치는 사람들도 보였다.

그사이, 나서경 기자와 카메라맨도 빠르게 안전하다 생각되는 곳으로 숨었다.

게소 사라나는 약간 인상을 찌푸렸다. 이것들이 도망치기 시작한 것이었다.

하지만 그것도 괜찮았다. 얼마 있지 않으면 육체가 완성되고 쫓아가 죽이는 맛도 있으니 말이다.

'으흠… 좋은 것들을 들고 있군. 제대로 활용할 수 있겠어.'

게소 사라나의 눈에 무기를 들고 있는 인간들이 보였다.

자기 방어 수단으로 들고 다니기도 하고, 몬스터가 나타난다고 잡기 위해 전투를 준비하고 있는 레이드 파티들도 있었다.

"파티라 하던가… 시작이다. 인간들… 나의 부하들이 되어라."

허공에 육체가 완성된 채 짙은 농도의 웃음을 짓고 있는 게소 사라나의 음성이 크게 퍼졌다.

하루는 게소 사라나와의 전투 이후, 곧바로 집으로 올라왔다.

너무 차갑게 대한 것 같아서 미안했다. 채령과 말랑이를 데리고 어디 놀러라도 가거나 맛있는 거라도 먹어야겠다 생각을 했다.

조용히 마을까지 온 하루는 뭔가 마을 분위기가 뭔가 이상해서 지나가는 사람들의 목소리에 귀를 기울였다.

"서울 사람들 어떡하냐. 아직 도로가 꽉 막혀 있다던데."

"헐, 이것봐봐. 사람인데… 좀비 같이 생겼어. 이상해. 몬스턴가?"

"점점 움직이기 시작하는 것 같은데. 와… 근데 나서경

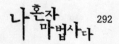

292

기자, 이 사람 참 대단하다. 나라면 바로 도망치는데."

저 정도라면 뭔가 대단한 일이 생겼을 것이라 생각하고 바로 핸드폰으로 검색 창을 확인했다.

"피핥… 서옳 살앎들… 뭐야. 검색어가 왜이래?"

단어가 좀 이상해도 그걸 본 하루는 이해할 수 있었다.

서울, 피해라, 정부에서 뭔가 숨긴다, 마법사 도와줘라 등의 단어들이었다.

도와달라는 것은 저번 뱀파이어 때처럼 몬스터가 나타났다는 것이었다.

하루는 핸드폰을 닫았다.

"됐어. 나하고는 상관없다. 내일은 다른 언데드가 나오는 곳으로… 가야지."

외면하기로 하고 하루는 집으로 향하고 문을 열었다. 자연스럽게 가으하네는 소파로 직행한 후, 앉았다.

"채령아~ 말랑아~?"

안방을 봐도, 채령의 방을 보고, 욕실을 봐도 없는 채령과 말랑이에 하루는 이상함을 느꼈다.

한 번도 자신이 외출하고 올 때 없던 적이 없었다. 집에 있는 전화로 나가 있는 하루에게 전화를 하고 갔다 오는 경우는 있었지만 이런 건 처음이었다.

"설마 뉴스…를 본 건가?"

서울 괴생명체 출현, 검색어로 나올 정도면 뉴스로도

충분히 나온다.

그것을 보고 서울로 둘이 간 것인가, 하루는 생각했다.

하루는 TV를 켰다. 전 채널에서 위험한 뉴스가 방영 중이었다.

상공에 보이는 익숙한 물체에 눈이 꽂혔다.

"가으하네. 어디서 좀 본 것 같지 않아?"

"…죽인 그…….."

"내가 죽였고 아이템도 떨궜는데?"

'게소 사라나……?'

하루는 경악하는 얼굴이 됐다.

서울에 점점 살아나고 있는 것의 정체가 방금 전에 죽이고 온 게소 사라나의 모습이라니 믿기지가 않았다.

바닥에 생겼던 마법진이 신경이 쓰였지만 곧 사라지는 게소 사라나의 모습에 무시했던 하루다.

"아무래도 채령이랑 말랑이가 저기에… 간 것 같은데. 연락도 안 되고… 핸드폰을 사줘야 하나."

하루는 말을 하며 급히 신발을 다시 신기 시작했다. 가으하네도 자리에서 일어나 하루에게 걸어갔다.

막 나서려고 현관문을 여는 순간 눈앞에 커다란 양피지가 생성되었다.

하루가 유심히 보고 있는 양피지를 보고 있는 사람은 또 있었다.

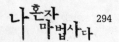

상사와 실랑이를 벌이고 있는 오준영이었다.

"서울에서 친구랑 약속이 있다 했습니다. 여동생이 간다 했습니다. 가야 됩니다. 대장!!"

"너 가면 죽는다고, 저게 뭔지 알고 서울로 가겠다는거야?!"

여러 명이 오준영을 붙들고 있었다. 갑옷을 착용하고 방패까지 들고 있는 오준영은 이 부대를 나가기 위해서 발버둥을 치고 있었다.

허락 없이 부대를 나가는 것은 엄연한 불법, 탈영이었다.

나름 괜찮다 생각했는데 지금 이 순간만큼은 군인이라는 것이 억울할 다름이었다.

"여러분들은 지키고 싶지 않습니까! 서울에서 여러 명이 죽을지 모른다고요!"

"우리들이 가서 뭘 어쩌겠나. 그리고 상부의 지시에 따라야 하는 것이 우리 일이지 않나!"

"떨어져라. 그럼 혼자라도 갑니다! 징계는 나중에 받겠습니다!"

목숨 같은 여동생을 가만히 죽게 내버려 둘 수는 없었다.

자신이 지켜주겠다고 그렇게 말을 했는데 허무하게 보낼 수는 없었다.

왜 구할 수 있는데 사람들을 구하지 않지?라는 생각이 계속해서 절실히 들었다.

이미 썩은 나라라는 것은 알았지만 이 정도일 줄은 몰랐다.

저런 게 생기고 있으면 당연히 군대를 움직여서 통제하고 국민들을 지켜야 하지 않는가? 정말 엿 같았다.

"흐아아아압!!"

오준영은 엄청난 힘으로 천천히 앞으로 전진을 했다. 질질 끌려가는 다른 군인들의 모습에 군부대 대장이 그만 하라고 말을 했다.

"오준영."

"네!"

"여동생 구하고. 시민들 있으면 방어해주고. 마법사가 나타나면 도와줄 수 있으면 도와줘라. 우린 못 나간다. 그냥, 가라."

대장의 말에 오준영은 고맙다 한 뒤, 뛰어서 부대 밖 운동장을 가로질렀다.

뒤이어 군인들의 함성 소리가 들려왔다.

"마지막 명령이다!! 살아와라!! 오준영!!"

오준영은 고맙다며 손을 흔들고 일단 민첩성을 올리기 위해 갑옷을 해제하고 평상복으로 갈아입었다.

열심히 뛰어 가다가 갑자기 우뚝 섰다. 하루와 마찬가

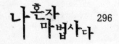

지로 양피지가 눈앞에 나타난 것이었다.

"이게 무슨······."

갈색 양피지, 예전의 것처럼 좀 낡아 있었지만 나름 빈티지한 느낌을 주고 있었다.

이런 양피지를 본 단체, 로벨리아와 턴에이의 수장인 유한정, 조준호와 주인님은 놀라움을 감출 수 없었다.

모든 내용을 팀원들에게 공개를 한 유한정은 모든 권한을 일단 조준호에게 넘기기로 했다.

"이런 류의… 알림은 처음인데. 일단 가야겠지······?"

"근데 왜 두 분한테만 오는 거예요? 우리는 그것도 못 봤는데."

"좀… 강한 류의 사람들에게만 보낸 게 아닐까. 대장이랑 부대장님은 우리 두세 배는 되잖아. 능력치라든지… 경험이."

동료들이 각자 말을 했다. 무엇보다 고민인 사람은 조준호였다.

다친 유한정 대신 엄청난 보상이 걸린 일을 해야 할까 말아야 할까 선택을 해야 했다.

사람들도 많이 피해를 볼 것이고, 죽을 수도 있었다. 그런 곳에 가야만 할까 그것이 고민이었다. 아직 팀원들의 휴식이 부족한 상태였다.

조금 쉰 것으로 체력은 어느 정도 다 회복이 되었지만

피로도라는 것이 있다. 피곤하기에 움직이는 데 좀 부담감이 있을 것이었다.

"…여러분이 결정하죠. 찬성은 손을 들고. 그중에서 갈 사람만……."

한정 원정대였을 때 NO.3를 잡으러 갈 때 했던 방식이었다.

그때의 생각이 나서 약간 불안하고 기분이 좋지 않았지만 어쩔 수 없었다. 이 방법밖에는 빨리 결정할 수 있는 방법이 없었다.

"가야지. 사람들 있다는디."

"어차피 목숨 아까운 줄 몰라, 뭐든 죽여야겠다. 그 보상이 탐나잖아!"

"나도 찬성이에요. 이번 일로 새 동료가 생길 수도 있을 것 같은데. 성공만 하면? 히히."

"너희……?"

정말 이럴 수가 있다는 게 믿겨지지 않았다. 조준호는 손까지 떨 정도였다.

한 사람도 빠짐없이 손을 들고 있는 것이었다. 죽을 수도 있는데 말이다.

"우리의 가족은 우리에요. 가더라도 다 같이 가야지."

"말 잘한다. 옳지~ 바늘 가는데 실도 가야지!"

유한정은 뒤에 앉아서 그 모습을 기분 좋게 쳐다봤다.

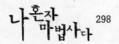

동료 하나는 잘 얻었다는 생각이 들었다.

"그럼… 5분 후에 출발."

"갈 때 먹을 거나 준비해야겠네."

"서울로 가는 길은 뻥 뚫려 있을걸? 빠져나가는 길이 장난 아니지."

이미 뉴스를 확인하고 인터넷으로도 본 로벨리아들이 었다.

도로 교통 정보도 같이 보도가 됐는데 걸어가는 것이 빠를 정도라는 말이 있었다. 직접 보기에도 그런 것 같았다.

반대로 서울로 들어가는 길은 말 그대로 고속도로, 사람들이 반대로 역주행을 할까 하는 생각도 했다.

"쿡… 크큭. 제가 직접 가야 하는 건가요…? 날씨가 저에게 별로 맞지 않는데…요. 이런 보상이라면… 좋네요. 아주 좋아요."

양피지를 혼자 집무실에서 본 주인님은 한껏 미소를 지었다. 그리고 겉옷을 챙겨 입었다.

자신에게 이런 것이 날아왔으니 챙기는 것이 인지상정, 얼굴이 노출될 수도 있었으나 가지고 있는 변명거리는 많았다.

여론을 움직일 수도 있는 엄청난 계획 말이다.

"그림자… 나와요. 가져야 할 게 생겼네요. 같이 가야 겠어요."

주인님의 말에 어디서 언제 등장했는지 사람으로 보이고 어쌔신의 분장을 하고 있는 둘의 인영이 보였다. 고개를 끄덕이며 집무실을 주인님의 뒤를 쫓아 나섰다.

이들, 하루와 오준영. 유한정과 조준호. 주인님이 본 양피지에는 이렇게 써져 있었다.

서울 상공에 나타난 게소 사라나를 막아라.

그러지 않는다면 걷잡을 수 없는 일이 일어난다.

막는 자에겐 힘을, 그리고 나와 되도록 만날 수 있는 기회를 주겠다.

모두가 두 눈이 커질 수밖에 없었다. 양피지에 써져 있는 말이 별로 없긴 했지만 '힘'이라니 말이다.

물론 그것에만 신경이 쏠린 것은 아니다. 정체는 모르지만 이 세상이 게임화가 되게끔 만든 자일 수도 있었다.

눈앞에 이런 양피지를 깔아놓을 수 있으니 말이다. 그를 만날 수도 있었다. 그렇다면 얘기도 가능하다는 뜻.

"정체가… 뭐야. 이 자식."

하루가 이를 으득 갈았다. 애초에 이 게임화라는 것이

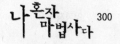
300

되지 않았다면 엄마가 이렇게 될 일은 없었다.

　"다시, 죽인다. 계소 사라나. 그리고 이 자식도 만나봐
야겠어."

〈3권에 계속〉

O U L I M F A N T A S Y B O O K

늑대전설

K.석우 장편소설

사신전설, 초인전설의 감동을 잇는
K.석우의 새로운 전설.

엄마야 오빠야 강변 살자~

어린 소녀의 노랫소리가 언덕길에 울려 퍼지고 있었다.
하지만 소녀는 곧 칭얼거리기 시작한다.

"오빠야, 내 진짜로 배고푸다."
"호야 형이 우리 하린이 빵 사 가지고 올 끼다."

하지만 강호는 자신을 기다리는 동생들에게 갈 수 없었다.
헤어진 동생들을 찾기 위해 사선을 넘어온 그는 야수가 되었다!
강호는 그라운드에 군림하는 최고의 선수.
그리고 거리를 지배하는 한 마리 늑대가 되어 돌아왔다!!

아련한 자장가 소리가 지친 사나이의
가슴에 녹아들고,
뜨거운 심장을 가진 늑대의 전설이 시작된다!!!

어울림
BOOKS

OULIM FANTASY BOOK

천군강림

어느 날, 드래곤에게 소환되어 가디언 계약을 맺은
36세의 독신남 정후!
5백 년 동안 드래곤의 입맛에 맞는 수많은 물건을 만들어냈고,
그는 9서클 유저에 그랜드 마스터가 되었다!!
결국 다시 원래의 시간대로 금의환향하는데…….

"이건 뭔가 잘못됐다! 여긴 전쟁터다."

돌아온 그의 눈에 들어온 것은 전란에
휘말린 조선!!!
그리고 비운의 왕자 광해와의 만남.

"제발… 이 나라를 도와주십시오."

어울림
BOOKS